幸せはわたしの中に
そしてあなたの中に

南　裕子　著

「乳癌」のわたしが「自閉症」の息子をのこしていく道

プロローグ

「癌」と診断されて、平常心でいられる人はいないだろう。「死へのカウントダウン」というストップウオッチを目の前に差し出され、常に身に着けさせられるはめになる。必ず人は死ぬというのに、自分の死を肌で感じたとたん、恐れおののく。そこへ向かうのは皆はじめての経験なのに、手助けをしてくれる人はいない。誰でも一人で、立ち向かわなくてはいけない。

産まれたばかりの娘の奈美をはじめて抱きとった時、「命をあずかった」という責任の重さに手が震えた。そのあとずっと、命というものをあまり意識せずに過ごしてきた。命というものを再び強く感じたのは、乳癌の宣告を受けた50才の時のことだ。まだあと何十年も、人生はつづいていくものだと思っていた。早期に見つかって治療をつづけていたのに、癌はどんどん進行していく。その無力感。常に迫ってくる死の恐怖。

私を含め、末期となった癌患者は、「治る」という希望は持ちにくい。もちろん、希望を捨てることはない。何事も最後まで、なにがどうなるかはわからない。でも、目をそらすことなく現実を受け入れるのならば、癌と共存し、常に余命を意識しながら、「悔いの残らない生き方をすること」に考え方をシフトしなければならない。変えられない現実が目の前にある以上、心の持ちようを変えるしかない。

突きつけられた死は、いやおうなく人を「生」へと向き合わせる。「もう逃げ隠れできない」自分というものを飾っていたすべてのものが取り払われ、丸裸な自分が現れる。そのとき思うこと、そのとき信じるもの、それがその人のすべて……そして「死」を強く感じるとき、生きているということに喜びと感謝を感じるはず……「死」というものから逆算すれば、どう生きるのかが見えてくるはず……。

＊

いつものように私は、「自閉症」の息子翔を、宿泊を練習中のグループホームへ送って行った。個室へ荷物を運び、「じゃあ、お母さん帰るね」そう声かけると、翔はなぜかいつもの「じゃあね」じゃなくて、「サヨナラ」と言った。その一言が、永遠《とわ》の別れを思わせた。

――「私から翔に、本当のサヨナラを言わなくてはいけない日はいつだろう？」

帰り道、一人歩きながら泣いた。親バカだけど、翔は家族以外からも愛される人に育った。やさしい職員さんたちに見守られて、私亡きあとグループホームでやっていける。でも、いくら納得しても、いくら準備しても、葛藤はつきない。

――「だって、誰が私以上に翔を愛せるの？　誰が私以上に翔のことを理解しているの？　ごめんね翔ちゃん、ごめんね。さびしいよ。私は最低の母親だ。障害のある君を残して、早々と逝《い》くなんて……」

冷たい風がほほをなでる。足元で、ポプラの落ち葉がカサカサと音をたてる。この道は、翔と共に毎日保育園へ通った道だ。そして、翔の障害がわかった日も歩いた道だ。

るり色が、空からゆっくり降りてくる。ポツン、ポツン、灯《とも》りはじめた家々の灯《あか》りが、キャンドルライトのようにあたたかい。

「きっと大丈夫。翔はきっと、大丈夫」

1部

あたりまえの中に

1

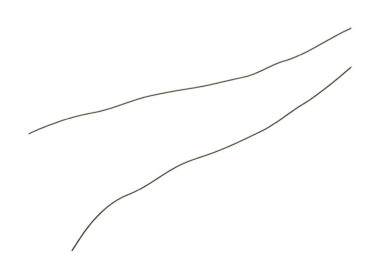

乳癌

今から五年前、それはまったくの偶然だった。真夜中トイレから戻り、寝ぼけ眼のまま、また布団にもぐり込んだ。何気なく触れた左胸上部に、硬いものを感じた。

——「こんなところになに?」

ふたたびていねいに触ると、それは小さな丸いしこりだった。気づけば忙しさにまぎれて、乳がん検診の間隔があいていた。

——「生理後と決めて、月に一回は自己触診をかかさなかったのに、なぜ今まで気がつかなかったのだろう?」

そのしこりは、横向きに寝て腕を上げ、ようやく奥から現れてくる。なみなみと注がれていた睡魔というグラスが、いっきに空になった。

──「癌にちがいない……」

これからの予定が次々と頭に浮かぶ。こんなとき、人は意外にも冷静になるのだと知った。

──「いつも通り子どもたちを送りだしたら、すぐ病院へ行こう。転移していなければいいが……和樹は高校受験をひかえている、手術はいつだろう？　さしさわりがなければいいが……私が入院中、翔は大丈夫だろうか？」

カーテン越しに朝の光がもれるまで、いろいろな思いが頭の中をかけ巡った。サーッと開いたカーテンの向こうは、いい天気だった。私は、いつも通りの「笑顔」というお面を顔に貼りつけたまま、忙しく立ち働く。いつもと変わらぬ朝の風景。

皆を送り出し、私は近くの総合病院へ向かった。総合病院の初診というのは、とても時間がかかる。受付でカルテを作ってもらうのに一時間、その後マンモグラフィーを受けるのに一時間、外科の前で待つこと一時間。やっと不安な思いのたけを先生にぶつけた。悲壮な顔の私に、先生はゆっくりと話す。

「しこりの全てが悪性というわけではないので、しこりに針を刺して、組織を取って調べる穿刺《せんし》検査というのをします。ただ、針を刺すとしこりの形がくずれてしまうので、その前にエコー検査をしましょう」

エコー検査を終えた時には、外科の診療時間はすでに終わっていた。

一週間後、エコー検査の結果を確認し、穿刺検査を受けるためにふたたび病院へ向かった。エコー検査の結果は、しこりの形が悪く「悪性」の可能性が高いと告げられた。しこりの大きさは約二センチ、思ったより小さかった。確定はまた一週間、穿刺検査の結果を待つ。私は病院を出るとそのまま本屋へ行き、乳癌の本を数冊買った。自分が今おかれている状況を、きちんと把握したかった。

その晩、私は夫にうち明けた。病院を訪れてから一週間、感情というところを締め上げていたコルセットが、いっきにゆるんだ。涙がこぼれ落ちた。

その夜、なかなか眠れなかった。

――「かわいそうな私。これまでだって、けして良いことばかりの人生じゃなかったのに、なんでまた私なの？　50才か、もう若くはないけれど、死ぬにはまだ早すぎる。これまで翔をはじめ、三人の子育てに無我夢中の日々だった。自分のために時間やお金を使うことなんてほとんどなかった。つらいときには、『今がふん張りどき、そのうち良いことだってある』と自分をはげましてきた。でももう良いことなんてない。だって私は、癌で死ぬのだから……」

暗闇の中、これまでに感じたことのないリアリティーをもって「死」が迫ってくる。

――「死ぬってどういうこと？　こうして横になっていると感じる鼓動は消え、肉体は無くなる。こうして今、考え、感じている私という存在は、世界中どこを探してもいなくなってしまう……つまり、「無」になるということ？　もう家族と会うことも話をすることもできなくなってしまう、それはお互い、つらい、寂しい……」

暗闇が、頭上からズンズンと押しせまってくる。足もとからもはい上がってくる。「苦しいよ」胸が押しつぶされそうだ。

――「死んだあとのことは死んだ人にしかわからないのだから、誰にも聞くことはできない。なにかが存在するとしても、目には見えない……でも待てよ、目に見えるもの、これまで私が知っていること、理解できることだけがすべてじゃない。なにかが存在するとしても、それは気体だったり、四次元の世界だったりするのかもしれない、ということは、死んで、『なにもかもが終わり』というわけではないのかもしれない」
そう思うことで、私は少しホッとして眠りについた。

結果はやはり、「悪性」だった。
告げられたその日は、私の51才の誕生日だった。

「乳癌」と宣告されたとたん、それまで人前にさらされることのなかった乳房は、たくさんの人にいじくり回されることになった。マンモグラフィーでは板のようなものに挟まれ、エコー検査ではゼリーを塗りたくられる。触診にいたってはこれ以上ないくらい、くまなく触られ、手を頭の上に乗せたり、腰にあてたり、グラビアモデルのようにポーズまでとらされる。たとえ医療関係者とはいえ男性が多い。まずはじめに思ったのは、「若い娘の奈美じゃなくて、私でよかった」50代ともなれば、羞恥心は伸び切ったゴムのようだ。でも、羞恥心はゴムでも、痛いのはいやだ。柔らかく頼りなげな乳房に太い注射針が刺され、メスが入れられるのだ……。

胸が膨らみはじめたのは、12才のころだった。日に日に重く丸みを帯びていく体、身軽で自由な子ども時代への別れを意味しているかのようだった。意思とは無関係に、乳房はどんどん大きくなっていく。そのことに当時感じていた恐怖を思い出すと、複雑な思いがする。なぜなら、「乳癌で生涯を終えるかもしれないのだから」

その後、自分の乳房を見直したのは授乳だった。乳は子どもたちがほしいだけ、いつでもいくらでもほとばしる。子どもたちは、哺乳瓶の存在を知らずに育った。赤ん坊は舌を巻きつけるようにして、リズミカルに力強く、真っ赤になりながら全身で乳を吸う。立ちのぼる乳の香は、甘い中に草いきれのような青い生命力を含んでいる。私から子へ、命のエネルギーが注ぎ込まれる。

カツムーリ

元号が昭和から平成に変わろうとしていたころ、30才になったばかりの私は、第二子を妊娠中でした。三才になる長女の奈美は、まるで「いわさきちひろ」の絵本からぬけ出したかのよう。小柄な体つきとは対照的に、達者なことばを話し、よく気のつく社交家です。

夫の実家近くの新築マンションを購入してから、まだ一年もたっていませんでした。豊かな緑を背に、高台にそびえる七階建てのマンション。白いタイル貼りは、当時の流行です。白い壁、白い扉、すべてが無機質な清潔感にあふれていました。夫は、長女が誕生する少し前にふたたび学生となり、専門学校に通いながら働いていましたが、やっと資格を取り、仕事は軌道に乗りはじめていました。

朝、夫を送りだすと、まず洗濯物を持って広々としたベランダへ出ます。奈美が、私のまわりをスキップして回ります。娘の洗濯物は、どれも小さくてかわいい。次に、好みにコーディネイトされた部屋に掃除機をかけます。整えられた部屋には、カーテンをそよがせながら、気持ちの良い風が通り抜けていきます。窓ごしに見える緑で切りとられた青い空は、どこまでも高く広がっていくようでした。

夕食のあとは夫と奈美のお楽しみタイムです。奈美は紙で作った大きな耳と鼻を付けてダンボになりきり、それを夫が家中を高く低く振りまわしながら走り、笑い声がこだまします。私には、なにもかもが順調に思えていました。

長女の時も今回も、妊娠中のトラブルはとくにありませんでした。八カ月位まではそれほど身が重いとは感じませんが、九カ月を超えたあたりから、目を見はるほどお腹が出っぱってきます。下を向いても自分の足は見えず、寝ていても苦しい。10カ月に入ると、身ふたつになることが待ちどおしくなってきます。同時に、何回目だろうがお産は不安です。「お腹の子は、元気だろうか?」「無事、産まれるだろうか?」そして、「またあの痛い思いをするのか」と思うと、気が遠くなります。

陣痛がやってきました。平成元年二月、長男、「翔」誕生。安産でした。予定日、その日の出産でした。

なんとなく、今回も女の子のような気がしていた私は、「男子誕生」ということに思いを巡らせました。私には、男のきょうだいがいません。そのうえ、女子ばかりの学校で過ごしてきました。男の子というのは、「遊び、勉強、その育ち方すべてが、きっと大変なんだろうな」と思うと、産後の興奮もあってその晩は眠れず、翌朝熱が出てしまいました。

退院の日は、大喪の礼の日でした。みぞれのなか、幾重《いくえ》にもくるんだ翔をしっかりと抱き、滑らないよう、一歩一歩踏みしめながら玄関のドアを開けました。白く輝く部屋にはベビーベッドが置かれ、笑顔の奈美が抱きついてきました。「家の中は、なんて暖かいのでしょう」そこには、白く清潔な新築のマンションと同様、汚れやシミの見あたらない幸せが、輝いているようでした。

ただをこねることもなく、寂しげな横顔を見せる新米の小さなお姉ちゃん。奈美は聞きわけがよく、翔が無表情な赤ちゃんのうちは、私と一緒になって世話を焼いていました。しかし翔が笑うようになり、私も笑いながらあやしていると、なにやら視線を感じます。振り返ると、ガラス扉の向こうに目に涙をためた奈美が立っていました。「奈美もこっちへおいで」と言うと、「ワーッ」と泣き出し、「奈美なんか、かわいくないもん」と、走り去って行きました。トイレの失敗もくり返すようになっていました。これはいけないと、空いた時間はひたすら奈美と遊び、翔が泣いていても奈美の方をおんぶして、「奈美は、カワイイ！」と、くり返し歌いながら家中を歩きまわりました。必然的に、雑事は溜まる一方でした。

そんな中、夫の仕事の利便性を考えて、突然の引越しが決まりました。平成元年六月、奈美三才四カ月、翔四カ月、あわただしく引越しをしました。

新居となるマンションは、山の中腹を造成した広大な住宅街の中心部にありました。美しく連なる稜線のふもとの落ち着いた街です。最寄りの駅からマンションまでの道には、一キロあまりのポプラ並木がつづいています。日差しにゆれるポプラの向こうには、パステルカラーに塗りわけられた新築の家々。平和で静かな街で、新しい生活がはじまりました。

翔の赤ちゃん時代は、妙に早い発達でした。三カ月で寝返りをして、四カ月には腕の力にまかせてズルズルとはいずるようになり、六カ月にはつかまり立ち、一才前には歩いていました。そして七カ月の時、「バナナ」「パンパン」「ブドー」などの単語らしきものを発しました。食欲も旺盛で健康そのものでした。名前を呼べばやってきて、愛らしい笑顔で抱かれたがり、顔全体の四分の一はあろうかと思われるほど大きな瞳で見つめられると、すい込まれていくようでした。

奈美の赤ちゃん時代と変わったことがあるとすれば、ぬいぐるみにはあまり興味をしめさず、プラスチックやビニールでできたおもちゃの方が好きでした。そしてそれをすぐ口へ持っていって感触を確かめていました。また、缶詰の冷たい感触と輝きに、妙に夢中になっているときがありました。ただそれは、「男の子と女の子のちがいなのだろう」くらいにしか、当時の私が気にとめることはありませんでした。

なんとなく育児疲れをしている私を気づかって、休日は夫が動物園やショッピングモールへと連れ出してくれました。自然動物公園は、名の通り豊かな自然に囲まれ、ハイキングにぴったりでした。

少しずつ新しい環境に慣れた年の暮れ、クリスマスカラーのデパートにはイルミネーションがまたたき、クリスマスソングが流れます。手作りの揃いのジャケットを着た奈美と翔。翔のベビーカーのまわりを、奈美が跳ねるように回ります。見知らぬ年配の女性がベビーカーをのぞき込み、「ンマ〜、なんてかわいい坊やなの。ホントにかわいい顔をして。お母さんも自慢でしょう」先を歩きながら、それを聞いていた夫が茶化すようにささやきました。

「自慢の息子だね〜」

相変わらず、私は幸せという雲の上にフワフワと乗っていました。

＊

二才を過ぎたころから、翔の「ことばの遅れ」が気になりはじめました。保健所の一才半健診の時には、とくに発達の遅れを指摘されることは無かったのですが、10個くらいの単語を単発的に話すものの、個々の物にラベルを貼っていくようなものばかりで、指差しや質問といった、「ことばの芽」のようなものが感じられませんでした。

それでも私は、二人目の育児ということもあり、それほど不安を感じることはありませんでした。奈美とくらべると、動きが激しく、後ろを振り返りもせず突然全速力で走り出したり、はじめて訪問した家では、家中のスイッチをいじったり、水に興味をしめし、公園の噴水に飛び込もうとすることもありましたが、「男の子はそんなもの」くらいにしか考えていませんでした。手がかかるといえば手がかかるので、ときおり、「早く人間になって」と、願ったりもしました。「人間になって」というのは、ふつうに会話をしたり、節度ある行動をとるといった意味です。

ことばの遅れについては、「難聴からくるものだったらまだ救われる」と願ったりもしました。当時の私は、知的障害のある人とは、心が通じ合うことは無いのだと思い込んでいたからです。しかし翔は、玄関のカチャという小さな音にも反応して、ちがう部屋にいても、呼べばかならずやって来ました。

同じ年齢の子どもたちがことばを話しはじめ、行動も大人びていく中、翔だけが、一人取り残されていくように感じはじめました。私は、発達障害、自閉症、そういった本を読みあさりました。当てはまるようで不安になる箇所もありました。しかし当時の翔には、ことばの遅れ以外はあまり自閉症らしさが感じられませんでした。表情豊かですぐに抱かれたがる甘えん坊。本の中に書かれている、「視線が合わない」ということもありませんでした。隣にいるお姉ちゃんの顔色を見ながら、お菓子を盗み食いしたり、床に落書きをしているところで目が合うと、さっとその上に絵本をのせて隠したりします。かけ足や階段の上り下り、テレビを見ながら真似をしてダンスを踊るのも上手でした。でもある意味では、私は本の中に書かれている、「自閉症らしさ」を打ち消していくことに必死だったのかもしれません。

翔は、当時から手先は器用で、ブロックやパズルが上手でした。ただ妙なことに、ブロックやミニカーを長く一列に並べるくせがありました。本の中には、それが自閉症の特徴でもあることが書かれていました。ある日、掃除を終えて翔の遊んでいるリビングへ戻ると、テーブルの上のかごに入れてあったみかんが、床の上に整然と一列に並べられていました。「否定しても、否定しても、湧き上がってくる不安」それは、きちんと閉めたはずの扉の隙間から、いつのまにか灰色の煙が忍び込んでくるかのようでした。体中の力が抜けていくのを感じました。

たまりかねて翔を連れ、私は保健所へと相談へ向かいました。翔、二才八カ月の時のことでした。翔は、保健所で絵本や積み木を差し出され、いろいろ質問や指示をされましたが、とまどうような表情を浮かべるばかりで、早く帰りたがりました。保健婦さんは、深刻な表情でチェックシートを見つめ、「地域の療育センターで小児神経科の診断を受けるよう」勧めました。

――「不安を打ち消すことばをもらって、晴れ晴れとした気持ちで帰るはずだったのに……」

そのあと、どうやって翔を連れて駅まで歩き電車に乗ったのか、まるで覚えていません。気づけば、自宅近くのポプラ並木を歩いていました。秋、一日の終わりを告げる長い光が、色づくポプラや家々の白いかべを黄金色に輝かせていました。

――「心の琴線にふれるような美しい景色を目にしたとき、人はなにを思うのだろうか、生きていることへの感謝、未来への希望、それとも、追憶の甘い感傷だろうか……そのときまでは、ずっとそうだった。けれども今、すべての色を失った景色の中、ピシッ、ピシッ、冷たい風が頬を打つ。流れる涙だけが、温かい……」

不安が的中したことを、その日は夫に話すことができませんでした。「夫が私と同じように、すべての希望や気力を失ってしまったらどうすればいいのだろう……」冷静に話す自信がありませんでした。

その夜私は、一睡もできませんでした。かたわらに奈美、反対側には翔、愛らしいふたりの寝顔。

――「親ならば、みんな幼いわが子を前に夢や希望を抱き、様々な才能の片鱗《へんりん》を見つけては、夫婦互いに顔を見合わせ微笑む。輝かしい未来。だけど翔には、なにも無くなってしまった。さわやかな青年になって職業を持つことも、ガールフレンドを連れて来ることも、車の運転をすることも……心待ちにしていた、『おかあさん』ということばすら、聞くことはできないのかもしれない。未来は暗く沈み、のぞくことすら恐ろしい……かわいそうに」

声を殺して泣きつづけるうちに頭に浮かんだのは、持っていた枕を翔の顔に押しつけることでした。

――「女の私でも、渾身《こんしん》の力で数分押しつければきっと翔は死んでしまう。その方がいいのよ、きっとつらい人生なんだから。お母さんも、すぐにあとからいくからね」

そう考えた途端、心臓が早鐘のように打ち、その音で翔が目を覚ますのではないかと思うほどでした。そして、なにやら生ぐさい臭いを感じました。逆流するようにたぎる、自分の血の臭いだったのでしょうか？　瞬間、「悪魔だ、悪魔がささやいている」と同時に、結婚式の時の神父さんの声がどこからか聞こえてきました。「子は、親を選ぶことができない」当時は、子の立場として聞いていたそのことば。

――「私は今、母親なのだ。全身全霊で私を頼り、必要としている子どもたちを裏切ることなどできない。つらさにたえきれず死を選ぶなら、決して子どもを道づれにしてはならない」

翌日私は、診断の結果を夫に伝えました。反応は、意外なものでした。

「それがどうした。翔は、翔だろう。万が一そのとおりで、翔に障害があるとしても、俺たちふたりの子に変わりないだろう。そんなことで人を差別するのか」

そして、それでも泣きつづける私の肩に手をおき、

「そんなに落ち込むことないよ。そんなに大きな問題じゃない。考えてもみてごらん、百年後にはまちがいなく俺たちも翔も、みんなこの世にはいないんだから。小さな問題さ」

乱暴ななぐさめのことばでしたが、そのときの私にとっては、スーッと肩の力がぬけていくように感じました。「そうだ、私も、夫も、子どもたちも、本当に小さな存在、限りある命」夫もショックを受けていたと思います。けれど重い荷物を分担することによって、多少、私の気は楽になりました。

しかし、すぐに前に向かっていけるほど、私は強くはありませんでした。私は神様をうらみ、心の中で暴言を吐きつづけました。

――「不公平だ。私たちはなにも悪いことをしていない。もっとなまけたり、いい加減だったり、虐待までしている親だっているのに、なんでよりによって、翔なの？

たくさんいる子どもたちのほかの誰かじゃなくて、私たちの翔なの？」

「障害」それは重いことばです。昭和40年代、私の子ども時代には、翔のような子は、「知恵遅れ」と呼ばれていました。当時、母は言いました。「気の毒にね。ああいう子を持った親は大変よ。かわいそうに」子ども心に、母の口ぶりから感じたのは、「憐憫《れんびん》と蔑み《さげすみ》」そしてそういった子を持つことは、親として「最大の不名誉」だ、ということでした。

翔と外出すると、憐れみや蔑みの視線を感じるときがあります。翔がまだ幼かったころには、視線を翔からそらさずにコソコソと話をされるたび、心は傷つき、いたたまれない思いがしていました。現在でも心地よくはありませんが、むしろその人たちを、「物事のわからない気の毒な人たち」と思うようになりました。しかし当時の私は、まさにその通りの人でした。

翔の障害がわかるまで、自分自身の中にある差別意識に気づくことすらありませんでした。いつでも自分はいい人なのだと信じて疑いませんでした。「私の父親は、東大出身なのだから、きっと翔も頭がいいはずだ」そんな思いすらありました。うわっ面だけの「善良」それが木っ端みじんに砕けちったあとに残ったものは、自分自身の奥底にある、片寄ったエリート意識と、醜い差別意識でした。自分自身の中にあった「差別意識」、それが私を苦しめました。

毎晩、「このまま目が覚めませんように」と思いながら眠りにつきました。けれども朝はやってきます。「起きたくない、なにもしたくない、誰にも会いたくない」なにもかもが嫌でした。

＊

翔は、すぐにいなくなりました。三才くらいの子どもを、ほんの少しの間に見失ったのなら、たいがいは親の予想がつくあたりにいるものです。けれども翔は、そうではありませんでした。

デパートのレジでサイフからお金を取り出そうと、ほんの数秒翔の手を離したすきにいなくなったこともありました。すぐ隣のオモチャ売り場だろうと探しまわりましたが、レジの脇の試着室の中にいました。カバンから物を取り出した数秒の間に、すぐ脇のトイレへサッと入って消えたこともありました。銀行の用事などは大変です。長い列を並び、やっと順番がまわってきたというのに、翔が手を振りはらって飛び出せばそれを追いかけ、また最後尾へと並び直しです。

子どもを見失った瞬間というのは、本当に嫌なものです。マンガで青ざめたとき、額のあたりにタテ線が入る絵がありますが、まさにあんな感じです。血の気が引いて、心臓の鼓動ばかりが早くなります。

そしてこのころから、長くつづく泣き声と金切り声にも悩まされるようになりました。泣くきっかけは、予想がつきません。「さあ、お出かけしようか」と、笑顔で話しかけただけではじまってしまうときもありました。そして翔の場合、泣くスパンが長いのです。一時間はゆうに泣きつづけます。泣き声の合間に、ガラスがビリビリ震えるような超音波のような金切り声が入ります。頭痛がし、こみ上げるイライラがマグマのように噴火する直前に、私は家中の窓を閉めます。翔の泣き声がうるさくて近所迷惑なのもそうですが、そのあとにつづく、私のどなり声を隠すためです。「うるさーい！」このひと声で、泣き声はよりいっそう長引くことになります。

今から思えば、翔にとって、ことばの理解できない国で暮らしているような気分だったのかもしれません。早口でまくしたてられても、なにを言っているのか意味がわからず、突然どこかへ連れて行かれたり怒られたりする。自分の気持ちを主張したくても、ことばを持たないので金切り声になる。なにもかもが不安だったのでしょう。

奈美が翔の年令の時には近くの公園へ出かけて、母にも子にも、それぞれの交流がありました。けれども翔を連れてそれを望むのは無理でした。すぐいなくなるのもそうですが、翔に話しかける子がいても、翔からはなんの返事も返ってきません。たいがい、「おばちゃん、どうしてこの子しゃべらないの？」と聞かれます。なんて答えていいかわかりませんでした。そして、そのことを周囲のお母さんたちからあれこれ詮索されるのは、もっと嫌でした。毎日が、孤独でした。

そんなころ、平成四年、すでにバブルの崩壊がはじまっていました。夫の仕事に直接の影響はなかったのですが、問題は、自宅の他に投資用のマンションを購入していたことでした。日本列島全体の不動産価格が暴落していました。値上がりを見込んでいた投資用マンションは、時期をみて売却する予定でしたが、売却益どころかマイナスです。借金だけがふくらみ、売却しようにも借金がさらにふくらむので、身動きがとれなくなりました。家計は自転車操業へと陥っていきました。

私は、ローンやその他を工面するため、手元にあったたくさんのカードのキャッシングを次々利用しました。その場はしのげても、結果的に借金は雪だるま式に増えていきます。それでもなんとか生活できていたのは、家業が自営業だったからです。日銭は入ってきます。仕事は順調でした。けれども、膨大な支払いには足りませんでした。「めいっぱいがんばって働いている夫に、それ以上なにを言えるのだろう……」

債務の催促の電話が、一日中鳴り響くようになっていました。私は、落ち着いてものを考えることができなくなっていました。「なんとかしなければ」そんなとき目にとまったのが、無料法律相談の広告でした。私はすぐに出かけました。そして弁護士が仲介に入り、債権者と和解のうえ、月々の支払いを可能な額へと変更してもらうことになりました。するとあれほどしつこかった取立てが、弁護士に依頼したことを告げただけで、静かになりました。根本的にはなにも解決していませんでしたが、底のぬけたバケツで水汲みをしているような毎日だったのが、とりあえず、バケツの仮修繕を行ったような気分にはなりました。

借金問題で追い詰められている間も、翔の問題はなにひとつ解決していませんでした。金銭面での問題は、弁護士というプロのアドバイザーを得ましたが、翔の問題についてはアドバイスどころか、まだまだ私が、それを受け入れることすらできていなかったのです。

――「まだ幼いのだから、脳だってどう成長していくかわからない。もし障害があるとしても、それは微細なもので、ふつうの大人になるかもしれない」

実際、療育センターの精神科の先生からは、「自閉傾向はあるけれど、まだ幼いのでどう変化していくかはわからない」とも、言われていました。心の底では、最悪のことを認識しながらも、私は良い方へと希望をつなぎ、くじけそうになる心のバランスをとっていたのです。

三才の春、翔と私は地域の療育センターへ通いはじめました。明るい日が差し込む広々とした教室には、たくさんの教材や遊具が備えられています。

同じクラスに、こうちゃんという「ダウン症」の子がいました。私はこうちゃんをはじめて見た時ショックを受けました。療育センターが障害児のための施設だとわかっていたはずなのに……「翔は障害児なんだよ。こうちゃんと同じように、正真正銘の障害児なんだよ。いい加減に認めたら」そう言われているような気がしたのです。

こうちゃんは、翔より一才年下ですが、その年令よりももっと小柄で華奢《きゃしゃ》でした。先生が出席をとりはじめ、「こうちゃ〜ん」という先生の呼びかけに、こうちゃんは「ハ〜イ」と、大きな声で返事をして、笑顔で連絡ノートを取りに行きました。私は一段と落ち込みました。同じことを翔はできませんでした。こうちゃんは社交的で、ダンスも上手でした。それでも私にとって、こうちゃんはダウン症の子の一人にすぎませんでした。

ある日、こうちゃんがすべり台を勢いよくすべり降りた拍子に、私の目の前で転んで一回転してしまいました。泣きだしたこうちゃんを、私はとっさに抱き上げました。「こうちゃん、大丈夫?」こうちゃんは、翔に比べ、小さく、軽く、抱き上げると、小さな子ども特有の乳臭いような甘い香りが漂ってきました。思わず、「かわいい」と心がつぶやきました。いとおしさが、フワリと込み上げました。なにか大切なもの、そう大切な命が、腕の中にあると感じたのです。

──「こうちゃんは、こうちゃんだ。ダウン症の本に書かれている症例のうちの一人なんかじゃない。翔も、翔だ。自閉症の本に出てくる一例なんかじゃない。障害児を説明する本には書かれていなかった。翔もこうちゃんも、こんなにかわいいということを。翔も、こうちゃんも、触れるとあたたかい。障害というものがあっても、一人ひとりちがう。それぞれが家族にとって代わりのいない、たった一人の存在なのだ」

そんなことがおぼろげながら、一瞬に私の頭の中をかけ巡りました。

＊

翔、三才五カ月。この時期にうれしいことがいくつかありました。

まずは、オムツがとれたのです。療育センターの先生に勧められ、いっきにオムツをはずしてパンツにしてみました。そして一回部屋のすみに置いたオマルで成功すると、そのあとはほとんど失敗することなく、アッという間にオムツがとれてしまったのです。

私は、「会話ができなくてはトイレトレーニングはできない」と思い込んでいました。

しかし翔は、成人した今でも、情報を得るのはことばではなく視覚からです。なにを教えるときでも、一番有効なのは実際にやって見せることなのです。また翔は、なににでもはじめてのことには抵抗しますが、一度それを習得すると、失敗なく誠実にくり返すというパターンがあります。ですからトイレトレーニングは、拍子抜けするほどすんなりとパスしてしまいました。

翔と二人きりで過ごせる憩いの場も見つけました。それは、家から五分ほどの所にある、すべり台とブランコと、小さな砂場のある、小ぢんまりとした公園です。ほかの子どもたちは反対側にある大きな公園に集うので、そこではたいがい翔と二人きりでした。小さいながらも、春には桜にはじまり、雪柳、藤、つつじと、はなやかに彩られ、ベンチからは雄大な山々が連なって望めました。

翔は、チョロチョロと出し放しにした蛇口から、オモチャのバケツやプリンカップに水を入れては砂場に運び、ひとしきり楽しそうに遊びます。大好きな水遊びに没頭しながら、ときおり私を確認したり、楽しい思いの同意を得るかのように、にっこりと私に笑いかけます。それは実に愛らしく、私も笑顔を返しながら、いとおしさが込み上げます。

そして、はじめてのことばの発芽があったのです。それまでもいくつかの単語を話すことはありましたが、それは独り言のようで、誰かに意思を伝えようと発していたようには思えませんでした。

その日、いつものように公園へ向かう途中、大好きな路線バスと遭遇しました。スピードをあげたバスが通り過ぎる風を感じたと思う間もなく、今度はスピードを落としゆっくりと私たちの前を曲がり、近くのバス停へ止まりました。大きな音、大きなタイヤ、大きな車体が、翔の目の前にありました。翔は握っていた私の手を強く引き、キラキラとした瞳で私を見つめ、「バス」と言いました。翔の驚きや感動、バスが大好きだという気持ちが、真っ直ぐにこちらへ伝わってきました。そのことばは、口元からポロリとこぼれた、真珠のように思えました。

そして人間には、すばらしい能力があります。どんなつらい状況にも、それが長くつづくと鈍感になり、慣れていきます。よく言えば、順応力があるということです。翔の障害、借金苦は、若い私にとってかなりのダメージでした。しかし、少しずつそれに順応し、前向きになりつつあった平成四年、私は体に異変を感じました。

妙な疲労感はありましたが、異変を感じたのは排便のあとの下血でした。最初、痔になったのかと思いましたが、痛みはありませんでした。微小なものからはじまり、やがて便器が真っ赤に染まるようになり、さすがにこれは尋常ではないと、私は意を決して近所の胃腸肛門科を受診しました。

待合室には、「大腸癌の検査の勧め」と書かれた、大きなポスターが貼ってあります。癌への恐怖心でドキドキしながら、名前が呼ばれるのを待ちました。検査結果が出るまでの数日間、生きた心地がしませんでした。私は、自分が癌だと思い込んでいたのです。一年前には、死んでしまいたいと願っていたくせに、死ぬかもしれないという事実を突きつけられると、今度は死にたくないと思う……先生は、むずかしい顔つきで検査結果を告げました。

「潰瘍《かいよう》性大腸炎です。この病気は厚生省の指定する難病のひとつで、生涯、治ることはありません。良くなったり、悪くなったりをくり返して、癌に変化することもあります。全身性の病気ですから、心身を休めるようにして……」

先生のことばはつづきましたが、そのとき私は、癌ではないことだけでよろこび、うわの空でした。「生涯にわたって付き合う病気」というところを、軽く聞き流していたのです。

その後、服薬の効果もあって、潰瘍性大腸炎はしばらくなりをひそめました。そして、再燃、寛解をくり返し、やがて嵐のように襲いかかってくることとなるのです。

＊

平成五年、四才の春、翔は市立の保育園へ入園しました。私の住む市の保育園は、いつでも待機児童でいっぱいです。そんな中、翔がすんなりと入園できたのは、「障害児枠」という福祉制度のおかげでした。

保育園は、最寄り駅から電車でふた駅の住宅街にありました。平屋造りの小ぢんまりした、昔なつかしい建物です。小さな庭の向こうは公園なので、広々として開放感があります。庭には小さなプールもあります。翔を担当してくれたのは、ベテランの夏美先生。ベテランとはいえ、まだ20代と思われる夏美先生は、いつも元気いっぱいです。登園初日、「お預かりします！」と言う夏美先生の元気な声と共に、翔は教室の中へと消えていきました。「泣くのかな？」と、耳をそばだてながら保育園をあとにしましたが、泣き声は聞こえてきませんでした。

そして保育園の門を出たとたん、私を待ち受けていたものは、「開放感」でした。それは、息子を心配する母としての気持ちを、軽く吹き飛ばしてしまいました。重いリュックをおろした直後のように、浮き上がるように軽く感じる心と体。羽でも生えたかのように身が軽すぎて、前につんのめってしまいそうなくらいです。そしてあらためて、翔と過ごす毎日の負担の重さを感じたのでした。初日は、一時間ほどでおむかえです。私は、久しぶりに自分のペースでサッサッと歩き、銀行や役所など、いつもはかどらない雑用をすませました。

保育園へむかえに戻ると、翔は夏美先生に連れられて出てきました。泣いてはいないものの、暗い顔つきをしています。駅へ向かって歩きながら、「今日はえらかったね。アイスでも食べて帰ろうか」いつもなら、アイスのひと言でよろこぶはずなのに、翔は浮かない顔で下を向いたままつぶやきました。

「ヤナノ」「えっ?」「ヤナノ」

はっきりとした声でした。もちろんアイスのことではありません。はじめて母親から離れて過ごした時間が不安だったのでしょう。ふつうなら、「初日から困ったな」と思うところですが、私は妙にうれしかったのです。「これほどはっきりと意思表示するなんて、イヤでもなんでもいい」やっぱり発達には刺激が必要なのだと感じました。「ヤナノ」とつぶやいたわりには、泣いたり抵抗することもなく、翌日からも翔は無表情なまま、夏美先生と教室へ消えて行きました。

保育園では、給食のほかにおやつも出ます。園内に厨房があり、調理師さんの手作りです。早めにむかえに行くと、レモンケーキの甘い香りが園内に漂っていたりします。翔はよく、厨房のガラス窓にヤモリのように張りついて中をのぞいていました。すぐに調理師さんに顔を覚えられ、こっそり味見をさせてもらったりもしていました。

四月、五月と、翔は嫌がることなく保育園に通いました。おいしい給食、たくさんのオモチャ、やさしい夏美先生に支えられて。そのうえ、恵子ちゃんというガールフレンドまでできました。といっても、恵子ちゃんが翔を気に入って、一方的に世話を焼いてくれていただけのことですが。恵子ちゃんが、なぜ翔を気に入ってくれたのかは謎です。母性本能か、あるいはポーカーフェイスで逆らわない翔は、バービーシリーズの「ケン」のような存在だったのかもしれません。

ある日曜日、家族そろって保育園近くのお寺へ花見に出かけました。

――「庭園の池の水面《みなも》にうつる朱の橋の間を鴨が行き交う。浅い新緑に彩られた山々。満開の桜のトンネルの下を、奈美と翔が手をつないで走って行く。互いに顔を見合わせこぼれる笑顔。桜の花びらが、舞う雪のようにふたりの上にふりそそぐ」

障害のある翔を育てていく中でも、こんな風に心あたたまるひとときは、いくつもありました。しかし幼い障害児を抱えていると、幸せなひとときを、つい見逃してしまいがちなのでした。

六月、入梅すると薄ら寒い日がつづきました。翔にかぎらず、幼児というのはうまく傘を差すことができません。自宅から最寄り駅までは、一キロくらいあります。電車に乗るころには、整えたはずの身支度はどこへやらの濡れネズミです。そんなこともあってか、毎朝、翔の金切り声が家中に響くようになりました。平和な日々が、そう長くつづくはずはありませんでした。

仕事の関係で毎日帰宅の遅い夫は、熟睡すべき時間に起こされます。仕方なく私は、起きたばかりの翔のパジャマをはぎとり、サッと着替えさせると、抱いたり引っ張ったりしながら駅へと向かい、駅のベンチで用意しておいたパンやおにぎりなどを食べさせ、園に着いてから歯磨きをします。そして翔は、私が帰ろうとすると床につっぷして泣きはじめます。その様子があまりに大げさで芝居じみているので、そのあとの様子を夏美先生に聞いてみると、五分もしないうちにケロリとして過ごしているようでした。

翔は保育園での刺激を受けて、さまざまな進歩がみられるようになりました。ある日むかえに行くと、夏美先生がうれしそうに教室へ案内してくれました。

「翔ちゃん、みんなと一緒にとっても上手にかたつむりの絵を描いたんですよ」

壁一面に園児たちの絵が貼り出されています。奈美が園児だった時には、気にもとめなかった風景です。翔の絵は、みんなとはちょっとちがっていました。画用紙いっぱいに、かたつむりがたくさん描かれています。塗りわけられた色は、彩度が調和し、楽しいリズムを奏でています。そしてそのかたつむりたちは、みんなホンワカと笑っているのです。思わずこちらも、微笑んでしまうように。

――「翔には、こんな絵が描けたのか」

その絵からは、日々の暮らしの中で、「幸せ」を感じる心が、翔の中にきちんと育っていることが伝わってきました。

翔と一緒にいると、周囲からの「かわいそうに」ということばに無防備にさらされます。しかし同時に、「かわいそうに」という想いは、私自身の心の中にもありました。

――「翔は、かわいそうな子なんかじゃない」

はじめて私は、そう思えました。

――「たとえ障害があっても、世間からの差別を受けても、翔自身が、毎日の生活の中で幸せを感じられるのなら、親としてそれ以上なにも望むことはない……親になるということは、それまで世界の中心であった自分という存在、これまですべての判断の基準であった自分の気持ちはさておき、まっさらな心で子どもの思いに寄り添うことなのかもしれない」

「かたつむり、とっても、じょうずにかけたね～」

「カツムーリ」

「か・た・つ・む・り・」

「カ・ツ・ム・ウ・リ・」

「かたつむり、じょうずだね～」

ふたり並んでしばらく絵を眺め、私たちは帰路につきました。

――「この小道は、毎日通いなれた同じ小道だろうか。今日の景色は、昨日とはちがって見える。道端の紫陽花の深い青が目に沁みる。そよぐ風が心地良い。つないだ手の向こうには、私の歩調に合わせるかのように、小さな青い長靴が小走りに動くのが見える。長めのレインコートのすそから、まあるいひざこぞうが見え隠れする」

――「今、このひとときは、私は、誰もうらやましくなんかない。私とちがって健康な人、翔とはちがう利発な子をもつお母さん、お金持ち、名誉を手にした人、その誰もうらやましくなんかない。誰とも、立場を替わりたくなんかない……どうかこのまずっと、翔のお母さんでいられますように」

＊

五才の誕生日が過ぎ、翔は年長組へと進級しました。ちょうどそのころ、第三子の妊娠がわかったのです。それは、私たちには待ち望んでいた吉報でした。私は36才になろうとしていました。

今では、血液採取だけで出生前診断ができるようになりました。奈美や翔を妊娠中の私が、「お腹の赤ちゃんは障害児です」と診断されたとしたら、そのときの私は、中絶を選んでいたと思います。私はそんな人間でした。けれども私は、少しずつ変わりつつありました。「たとえ翔に障害があり、負担の多い毎日でも、翔をいとおしいと思うこの気持ちは変わらない」と思うようになっていました。そして、翔の障害を受け止めることによって、それまで持っていた固く窮屈《きゅうくつ》な価値観が、ぐんぐん広がっていくのを感じていたのです。

奈美と翔が誕生した時には、私はすぐに、「五体満足ですか?」と先生にたずねました。今回、それを聞くつもりはありません。もし、翔のように障害のある子でも、受け入れる心の準備はできていました。エコーに映し出されたわずか10数ミリの命。私自身とはちがう速いリズムで点滅する光。その鼓動を確認したとたん、三度目だというのに、感動して涙が流れ落ちました。

舞い降りる「命」を待つ間というのは、とても神聖な気持ちになります。自分の体なのに、それはうかがい知れない一つの「宇宙」のようです。体の奥深くの変化に静かに聞き耳をたてる。「命」を授かるというのは、よろこばしい出来事なのに、それはどこか神秘的で、「死」と通ずるものがあるようにも感じるのです。

とくにトラブルもなく月数を重ね、安定期には突き出したお腹で家業のチラシ撒きまでしていました。その年の夏は猛暑、やっと涼しい日々が訪れた平成六年秋、弟、「和樹」が誕生しました。

私の入院中、翔は昼間は変わりなく過ごしていましたが、夜になると奈美と二人で寝ている子ども部屋を飛び出し、私の寝室を開け、「いない、いない」と騒いでいたそうです。そして、病室に見舞いに来ると私の手を引いて、「かえろう」とつぶやきました。

母子ともに異常もなく、四日目に退院しました。帰宅すると、翔はうれしそうにやって来て私のひざの上に乗り、愛らしい瞳をむけます。しかしすぐに私は立ち上がり、泣き出した和樹を抱き上げ授乳をはじめました。翔は、私と和樹のまわりをフラフラと歩き回っていましたが、なにを思ったか、そばにあったバスタオルを頭からかぶってしまいました。授乳を終え、「なにしてるの?」とバスタオルを払いのけると、その下で翔は泣いていました。「この家の中で、一番小さくて、すべてが許される小さな王様の座から、自分はすべり落ちたのだ」と、翔はこのとき悟ったのでしょう。このときから、和樹の背が自分を超えても、翔にとって和樹はずっと小さな弟のままです。

和樹には、アトピーがありました。和樹はかゆいのでしょう、もみじのような手を器用に使って顔をかきむしります。ガーゼのミトンをはめましたが、赤ん坊の知恵は日に日に進歩します。「かずちゃんが、かずちゃんが」必死の思いで翔が私になにかを伝えようとしています。急いで様子を見に行くと、和樹は血だらけでした。自力でミトンをはずし、心ゆくまで顔をかきむしっていたのです。

翔は、それ以来和樹のことが心配でたまらず、サポート役にまわるようになりました。和樹のことをいつも見張っていて、和樹がミトンを外して投げ飛ばすと、それを拾って私のところへ持って来ます。血だらけになっても、かまわず顔をかきむしってしまうおバカで歩くことすらできない「小さな弟」。そんな弟を見て、「守るべき存在」という意識を、翔は和樹に対して生涯持つことになるのでした。

和樹が一才を過ぎ、ヨチヨチ歩きをするようになったある日、散歩の途中、私の手を振り払って進む和樹の向こうから、車が音をあげて近づいて来ました。和樹は手の届く範囲にいました。車の運転手は私たちに注意を払いながら、ゆるゆると手前で止まるところでした。しかし翔は、そのとき思わぬ行動に出たのです。和樹の前に走り出ると、両手を大きく広げて車の前に立ちはだかったのです。その光景を目のあたりにしたとき、私は思わず、「大丈夫だ」とつぶやきました。

――「弱い者、大切な家族を身をていして守ろうとする、その気持ちがあるかぎり、たとえどんな障害があろうと翔は大丈夫だ。人として幸せに生きていくことができる」未来へとつづく扉が開いて、光が差し込むように感じました。

＊

「さあ、恥をかきにいくぞ」

チョロチョロと動き回る翔。反対にまだ速く歩くことができずに、すぐ転んで泣く和樹。これは、幼い三人の子どもたちを連れて出かける前に、自分を鼓舞するための私のかけ声でした。

幼少期の自閉症児は、単に行儀の悪い子として見られることがあります。「なんで、返事しねえんだよ」若い男性の怒鳴り声におどろいて振り向くと、からまれているのは翔でした。「まったく、親のしつけがなってない」見ず知らずの人から、よくそう叱られました。実際に迷惑をかけているのだからと、そのたびに私はひたすらあやまりました。

春休み、その日電車の中はガラガラでした。私と奈美、和樹が談笑する脇で、翔は座席に寝そべっていました。天井を見ながらヘラヘラしています。「ちゃんと座りなさい」そう注意しようかどうか迷いましたが、注意すれば翔は泣き出し、それは長引くにちがいありません。誰かに迷惑をかけているわけでもないので、黙認することにしました。私たちの斜め前には、初老の男女二人連れが座っていました。ことばづかいから、会社の同僚か、不倫の一歩手前といったところでしょうか、紳士然とした男性の方が、私に向かって言いました。

「ちゃんと座らせなさいよ。親がちゃんとしつけないから、そんなところで寝そべって」

いつものように、「スミマセン」とあやまった私の口から、自分でも思いがけないことばがつづきました。

「この子、障害があるものですから」

ずっと認めたくなくて、でも、それが事実だとわかっているから苦しんできた、「障害」ということば。そのときなぜ、私は見ず知らずの人にそう告げたのでしょうか。

ひとつには、やりきれない悲しみがあったからだと思います。家族や園など、翔のことをよく知っている人たちからは許されることも、家から一歩外へ出れば、許されない。もうひとつは、怒りです。自閉症というものを理解しない、社会全体への漠然とした怒り。また、目の前の男性への現実的な怒り。私一人ではなく、威圧感のある夫が一緒だったら、男性は注意してこなかったでしょう。しかし、男性の反応は紳士的でした。

「それは、知らぬこととはいえ失礼しました。お母さんもがんばりなさいよ」

なんだか、肩の力が抜けていくようでした。

――「『障害』ということばの前で、かたくなになっていたのは私の方だ。『障害』というものに差別意識を持って、理解が無いのは、私自身だ。そこから解き放たれない限り、この先、翔を守ってやることなどできやしない……」

2

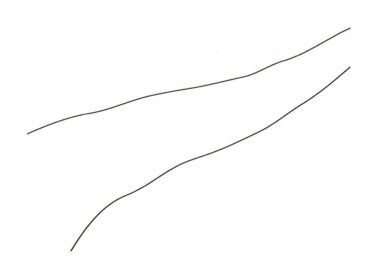

手術

しこりの検査の結果が悪性とわかり、夫とはすでに話し合っていたので、すぐに手術の申し込みをした。

入院や手術についての説明、血液検査、肺活量の検査、レントゲンと次々忙しい。ゆっくり深刻に考え込むひまがなくてちょうどいい。手術は数週間後と決まった。それまで準備しておくことは山ほどある。でも、最優先は私自身の体調だ。インフルエンザにかかったりすれば、手術は延期だ。「乳癌は進行がゆっくりなので、手術をそう急がなくても大丈夫」と主治医の先生は言う。けれど癌とわかった以上、「早く体の中から取り去ってほしい」というのが、そのときの私の心情だった。

問題は翔だ。突然私が入院したら驚くだろう。でも、癌と言ってもわからないだろう。夫が、「お母さんは、胸に悪いおできができちゃったから、入院して取ってもらおう」と説明した。それを聞いた翔は、突然立ち上がり洗面所へと消えた。そして、オロナイン軟膏を手に戻ってきた。

「これ、塗ってあげようか?」

「そうね、で、でも、場所が場所だから、お母さん、自分で塗るわ」

深刻な話が、翔のおかげでクスクス笑いでおしまいとなった。

入院前日、ていねいに体を洗う。鏡の前に立ち、しげしげと自分の乳房をながめた。温存手術ではあるが、メスの入らない乳房をながめるのはこれが最後だ。手術当日の朝、ベッドの上に正座し、私は心の中でつぶやいた。

――「私の体、今日はよろしくたのみますね」

二時間ほどで手術は終わった。手術というのは、まさに「まな板の上の鯉」だ。手術台の上に横になったという記憶の次は、もう病室のベッドの上だった。役目を終え、戦闘のあとが痛々しい私の乳房。メスのあとに手をあててみると、中が空洞になっているのがわかる。

「がんばったね。ごくろうさま、私のおっぱい」

三日後、私は退院手続きを済ませると、院内のカフェで夫のむかえを待った。入り口におかれた大きなポストのかげから、夫はふいに現れた。

「退院、おめでとう！」

その笑顔、お互いすっかり老けたけど、10代のころのデートの待ち合わせを思い出した。

「淹《い》れたてのコーヒーを持ってきたから、どこか静かな空気のいいところで、一服してから帰ろう」

私たちは、家の近くの高台で一服した。たしかに空気がよく静かだ。墓地だから……。

「癌患者の退院の日によりによって」とも思ったが、寺巡りは以前から私たち夫婦の趣味だった。

ふだんは気にとめることもない、街角ですれちがう老夫婦。当然、彼らにも若い時があり、さまざまな恋模様があったはずだ……50代の私たち夫婦はどうだろう？

夫と私がバイト先ではじめて知りあった時、互いにまだ10代だった。そして、互いに初恋だった。今でも、そのときの気持ちをおぼろげながら覚えている。二人きりで特別な会話をしたことも無かったのに、職場でなにをしていても彼のいる方向が気になる。大勢の声の中で、彼の声だけを探している自分がいる。恋のはじまりは、理屈の通らない不思議なものだ。

最初に近づいていったのは、私の方だったと思う。「私の誘いを断るはずがない」そのころの私は、若い女の子にありがちな自信にあふれていた。モデルスタイルとはほど遠かったが、チビのぽっちゃりグラマーな体の上に、今とはちがってそれなりに清楚《せいそ》な顔がのっていた。妙に男うけがよかった。手紙、待ちぶせ、露骨な誘い、それらは迷惑なだけだったが、にっこりと微笑むだけで、たいがいの異性からは優遇された。にっこりと笑うと不気味がられる今となっては、なつかしいかぎりだ。ただ、思い上がってはいなかった。気楽にいい寄ってくる異性のすべてが、お嬢様もどきな外観と、若い娘の発する色香に惑わされているだけなのだとわかっていた。

つき合いはじめてすぐ、彼の実家へ遊びに行った。やさしいご両親だった。しかし当時、彼は高卒のフリーターだった。私の両親の賛成は、とても得られないと思った。

私の家は、父、祖父、叔父たち、みな東大卒だ。まだ私が幼いころ、母は言った。「結婚は、好きな人とはしないものよ」両親はケンカもせず、仲が良いとばかり思っていた私は、びっくりした。母は父に敬語を使う。でも子ども心に、どこか父を小ばかにした素振りがあるのを感じていた。それは、祖父が父の上司だったことからきていたのだろう。祖父は、当時大手企業の次期社長の座にあった。しかし突然の病で亡くなった。祖父の死を伝えるNHKニュースを見ながら、目論見《もくろみ》の外れた父は、心の底でなにを思っていたのだろう。

それからほどなくの出来事だったと思う。ダダをこねる私に母が言った。「いい子にしていないと、ママ、パパに離婚されちゃうのよ。いい子にしていないと、アンタも捨てられちゃうのよ」……「いい子にしていないと、捨てられちゃう」このことばは、幼い私のくびきとなった。私は、本音を両親に話せなくなっていった。

私の将来に、両親の望むものはわかっていた。「東大卒」あるいはそれに準ずるような人と見合い結婚をすることだ。

しかし彼のこととは別に、当時の私は、その決められたレールにがまんできなかった。かといって私に、反発心以外になにがあったわけではない。特別な能力があるわけでもなく、気立てがいいわけでもなく、甘やかされて育った、ただのわがまま娘だ。しかし、なにひとつ不自由のないようにみえる生活の中で、本当の自分をさらけ出してくつろげる、あたたかい巣のような場所を探し求めている、孤独な私がいた。私は彼の横顔の中に、動物的な感で、あたたかいなにかを感じとったのだと思う。

この恋が順調に進んでいくはずがなかった。ご両親を伴って結婚の申し込みに現れた彼に、父はとりつく島もなかった。そして母は、見合いの話をもってきた。相手は医者だった。

断捨離の最中に、夫からの古いラブレターや、私の昔の日記が出てきた。夫からのラブレターを開けると、「裕子を守り、ともに人生を歩んでいけるなら、それ以外なにもいらない」私の日記を開けると、「彼に内緒で見合いをするなんて、そんな不誠実なことはできない。この恋をあきらめれば、彼は人間不信におちいるだろう。そして私は、純粋な心というものを失ったまま、人生を送るのだろう」

私たちは、かけ落ちをした。

あれから30年以上が過ぎた。両親とはちがって、実によくケンカもした。離婚を叫ぶ私に夫は言った。「そんなに言うなら、離婚してやるよ。けどずっと、妻の権利は守ってやる。生活費を送るし、ときどき見に来て、裕子っていう生命体は守ってやる。あとは好きにしろ」私たちの夫婦ゲンカを、子どもたちはさめた口調で評する、「子どものケンカ」

お墓で一服したあと、ゆっくりと散歩していると、足元に小さな墓石群を見つけた。長い年月を経ているのだろう、石は丸く削れたり欠けたりしている。女性たちの墓だろうか、その人は、なんと呼ばれていたのかな？　おみつさん？　およねさん？　今とは全くちがう髪形や身なりをしていても、現代の私たちと同じようにおしゃれに気を配ったり、夫や子どもの世話に追われたりしていたにちがいない。この中には、私と同じ乳癌の人もいたかもしれない。でも当時とちがうのは、私は最先端の治療を受け、今こうしてここに立っている。

――「なにをいじけて嘆いていたのだろう、命拾いをさせてもらったのではないか。これまでつらい出来事がつづいたときには、そのうち良いことがある、そのうちにと思ってがんばってきた。でもよく考えてみたら、私はもうとっくにご褒美をもらっていた。向かうべきことに懸命にとり組んだ、その日々こそが、すでに宝物なんだ」

手術後、はじめての検診日。今日は、「断端《だんたん》検査」の結果が出る日だ。断端検査は、切除した腫瘍の断端に、癌細胞が残っていないかどうかの病理検査だ。もしプラスと出れば、再手術にのぞまなくてはならない。

名前を呼ばれて私は、担当の先生の名前が書かれた部屋のドアの前で待つ。すぐにドアが開いて招き入れられるはずが、五分たち、十分たっても、なかなかドアは開かない。部屋の中から、先生がカルテをめくる紙の音だけが聞こえる。待ち時間が長引くにつれ、悪い予感で鼓動が速くなってきた。「どうぞ」いきなりドアが開いた。

結果は、「マイナス」だった。

会計の順番を待ち、私はロビーのベンチに腰かける。流れるように大勢の人々が行きかう。皆それぞれに、ちがう人生の物語を語る。皆それぞれに、生まれ、生きて、そして去っていく。私もその大勢の中のひとり。「それは、無常だろうか？」いや、今あふれるほどに、「生」あるものをいとおしく思う。

――「すばらしい人生なんかじゃなくていい。どこにでもいるふつうの人でいい。生まれてきた以上、死なない人はいない。でも、生まれて来れた。今生きているということは、本当は奇跡なのだ」

そう思ったとたんうれしくて、思わず隣に座る見ず知らずの人に声をかけてしまいそうになった。

「お互いなんの偶然か、この世に生まれてくることができて、本当によかったですね」

がんばった賞

障害児を持つと、就学や進路を決める時かならず訪れるのが、「特別支援総合教育センター」です。翔が就学をひかえた秋、すぐにぐずりはじめる翔をなだめながら、駅のコンコースの雑踏をくぐり抜けて、電車を乗りかえて、急な坂道を登りきると、センターは目の前に現れました。立派な建物です。受付を済ませると、翔は検査のため、一人別の部屋へ連れて行かれました。

就学について夫は、とりあえず低学年の間だけでも普通級にいくことを希望しました。私も同意見でしたが、私はさらに一年間の就学猶予が希望でした。なぜなら、翔は早生まれです。「一年たてば、ほんの少しでも、健常児との差が縮まるのではないか」と考えていたのです。

センターで普通級への入学の希望を伝えると、翔を担当した若い女性職員は、「翔君のためには……」と、支援級の利点を延々と話しはじめました。「自分は障害児のために、一生懸命、前向きに仕事をしている」と信じて疑わない、女性職員の真面目なその顔つきを眺めているうちに、私は内心、「なにを主張してもムダだ」と感じました。そして心に浮かんだのは、卵や果物の仕分け作業でした。S・M・Lと手際よく振り分けられていきます。翔は、そこにもれた規格外というわけです。

支援級の利点は、もちろんよく理解できていました。校内でも、ひときわ立派な設備が整い、生徒数人に対して二人の担任の先生が付きます。嫌がることを無理にさせたりせず、できることをできる範囲でゆっくりと進めていきます。教科書もありません。

しかし、事前に夫婦で話し合った時の夫の意見は、「怠け者になっちまう」でした。「きびしく怒られもせず、できることをやればいいと言われたら、ヤツはとことん怠けるタイプだ」

――「たしかにその通りだ。安心してまかせられる反面、親子共に、そのままズルズルいってしまいそうだ」

あまり先々まで決めず、とりあえず一年生の間だけでも地域の子どもたちとふれ合い、翔のことを知ってもらいたいとも思いました。三才ちがいの奈美の学校生活を目のあたりにして、一年生の勉強内容なら、翔もそこそこついていけるのではないかという期待もありました。

そういった気持ちを職員にぶつけたところで、平行線になることはわかっていました。いかにも気の弱そうな、なんでも言うことを聞きそうな若い母親の私に、突然浮かんだ意固地な表情に、職員は戸惑うような視線をおくり、相談は打ち切りとなりました。そして決定は、学区の校長先生の判断に委ねられることとなりました。

面談した学区の校長先生は、年配の男性でした。翔は面談の間、行儀よく静かに座っていました。校長先生はそれを見て、あっさりと普通級への入学を許可しました。

それから私は、少しでも翔の学校生活がスムーズにスタートできるように、紙芝居を作ったりしました。校内の案内編、起床から行ってきます編、トイレ編など、いろいろ作りました。なかでも登下校のことが一番気がかりでした。なにしろ翔は、今まで一人で外出したことなどないのです。家から学校までは500メートル程の距離ですが、心配なのは途中の十字路にかかる横断歩道でした。厚紙で信号の模型を作って、「赤は、止まれ。青になったら、進め」何回練習しても翔の返事は無く、遠くを見つめているような翔の瞳を前に、どこまで理解できているのかつかみどころがありませんでした。

私は、入学をひかえ四月が近づくにつれ、毎晩嫌な夢ばかり見るようになりました。学校から翔が脱走し行方不明になった夢。赤信号なのに翔が飛び出し、車が急ブレーキをかける夢。

親の不安は子にすぐ伝わります。翔は毎朝明け方になると子ども部屋を飛び出し、私の布団の中にすべり込んできました。そのころ私は、「翔を甘やかしてはいけない」と自分に言い聞かせながら過ごしていました。翔は、笑顔で抱きしめたりしようものなら、急にヘナヘナとしてぐずったりするからです。「もうすぐ入学なのに、しっかりさせなくちゃ」あせる気持ちもありました。けれど、翔が布団へすべり込んでくる時間は、私も翔も寝ぼけています。幼い男の子は、公園の陽だまりの匂いがします。翔を引きよせ、思いっきり抱きしめると私は翔の耳元でささやきます。「かわいい翔ちゃん。大好きだよ」

*

入学式当日の朝、玄関先で夫が撮ってくれた写真を見ると笑ってしまいます。半べソをかいたゆがんだ顔の翔と、その隣でおびえたような引きつった笑顔をみせる私。校門の前は桜が満開でした。その桜の下を翔と二人くぐりながら、私は思わず翔の手を強く握りました。「人生は、戦いだ」心の中でつぶやきました。翔と共に生きていくということは、「この先ずっと、戦う覚悟が必要なのだ」とそのとき感じたのです。

――「翔を守っていくためには、これまでのように、自分がどう思われるかなど気にしていてはダメだ。なんと言われようとも、自己主張のできない翔のかわりに、私が防波堤になるのだ」

けれどもそんな決心は、入学式が終わり、教室に戻ったとたん崩れ去りました。初々しいクラスメートたち。真っ直ぐな瞳でお行儀よく、担任の先生の話を聞いています。翔も一人で席に座ってはいたものの、静かにしていたのはわずかな間でした。やがて意味のない翔の独り言だけが、静かな教室に響きわたるようになりました。

父母たちがなにかささやき合うたび、私たち親子の悪口を言われているような気がして身が縮みました。奈美の時からの顔見知りのお母さんたちもたくさんいましたが、翔のことは知りません。上気していく頬が熱い。その場に立っているのがやっとでした。私以上に緊張しているであろう翔を思いやるゆとりすら、そのときの私にはありませんでした。

翌日から一週間は、集団登校でした。これには参加できませんでした。しばらくの間おさまっていた翔の超音波のような泣き声が、毎朝響きわたるようになったのです。それまで慣れ親しんだ保育園という小さな集団から、顔なじみの一人もいない小学校という巨大な集団へと変わったのです。仕方のないことだったのかもしれません。

翔が少しでも落ち着いた気分で一日をはじめられるように、私はみんなが登校する前のガランとした教室に一緒に登校し、学校の雰囲気に慣らすようにしました。教室へ行くためには、職員室の前を横切ります。三日目の朝、ガラリと職員室のドアが開いて、校長先生に呼びとめられました。「どうですか？　少し慣れましたか？」と、やさしいことばを期待しましたが、「八時より前には、登校してはいけないことになっています」学校とは、いろいろと決まり事が多いところです。

交通事故が心配ではありましたが、「いつまでも母親が付きそっていては進歩しない」少しずつ、翔ひとりで下校する日を増やしていきました。けれど、何回練習を重ねても心配はつきません。私は、一番心配な交差点がよく見える脇の公園で、和樹をおぶったまま隠れて待ち伏せをしました。翔は教えられた通りに信号を守って、横断歩道を渡っています。それを確認すると、すぐに私は走ります。先回りして家に帰り、はずむ息を押さえながら、何事も無かったように翔を出むかえます。周りから見たら、実に怪しい姿だったでしょう。

少しずつ、翔も学校生活に慣れていっているように思われました。順調なすべり出しと思っていました。けれどもさまざまな雑音が少しずつ耳に入ってきたのです。

公園で和樹を遊ばせていると、下校途中の子どもたちの声が聞こえてきました。「ねえ、知ってる？　翔君」「知ってる！　面白いんだよね～」「そうそう、私この間、翔君が校長先生の部屋のドアをいきなり開けて、中へ入って行くところを見た」「私は、給食室へ入って行くところを見たよ」同じ校内にいる奈美の気持ちを考えると、胸が痛みました。けれども仕方ありません。校長先生や担任の先生からの直接の苦情でも無いかぎり、気にしないことにしようと思いました。翔にしてみれば、一回の校内探検などでは納得できなかったのでしょう。あちらこちら、自分の目と足で確かめなくては気がすまないのでしょう。

ある日の下校途中、翔と並んで歩いていた大介君に、いきなり質問されました。

「ねえ、おばちゃん。翔君て、なんでそんなにバカなの？」

息を飲むほどの怒りをなんとぶつけようかと大介君の方を見ると、そこにあったのは、キラキラとした子犬のような瞳でした。私はそのとき、なんだかホっとしたのです。大人のように、本当の気持ちを幾重にも隠しながら、心地良いことばをかけられるよりずっといい。「そうね……」私は、真剣にことばを探しました。

「翔は生まれつき、いろんなことがみんなと同じにできないの。特に話を聞いたり、おしゃべりをすることが苦手なの。でもね、家では一生懸命勉強したり、弟にオモチャを貸してあげたりできるんだよ」「ふ〜ん、そうか〜」

数日後、大介君は友だちを連れてわが家に遊びに来ました。「翔君と遊びたい」翔のミニカーでひとしきり一緒に遊び、帰って行きました。子どもたちのその様子から、翔に対する気づかいが感じられました。「うれしかった」

街中で、障害者を不思議そうに見つめる幼い子の横で母親が、「ジロジロ見ちゃいけませんよ」と諭《さと》している光景を目にします。でも子どもにとって身近にそういった人がいないかぎり、不思議なのは当然のことです。その瞳には好奇心こそあれ、憐れみや蔑《さげす》みは感じられません。そんな時期に、世の中にはいろいろな人がいるのだということを、自然に知っていけたらいいのにと思うのです。

はじめての遠足の日、「迷子になりませんように」と祈りながら、目立つ赤いシャツを着せ送りだしました。翔の姿が見えなくなったとたん、波のように不安が押しよせてきました。私は、「そんなことをしてもムダだ」とわかっていながら、住宅街の路地で待ち伏せをしました。駅へと向かう子どもたちが見えるはずです。ガヤガヤ、新一年生の列が近付いてきます。「いた」真っ赤なシャツが目に飛び込んできました。子どもたちはみんな笑っています。遠足へ向かう楽しい気分が伝わってくるようです。翔の手は、担任の田辺先生の手としっかりとつながれていました。振り向いた翔を見てハッとしました。

――「笑っている、翔も笑っている」

遠くに見える翔は、なんだか急に大きくなったように見えました。

＊

普通級に在籍させてもらったのをきっかけに、私は必死になって翔に勉強を教えました。学習要項にあらかじめ目を通し、その中のひと通りの基礎をくり返し教えました。翔に少しでも、クラスメートと同じにできることを増やしてやりたかったのです。でもそれは、スンナリとは進んでいかない「戦い」でした。「わが子であっても、自閉症児は理解しづらい」霧の中を、手探りで進んで行くような気分です。

小学校時代の翔は、なににせよ新しい課題をはじめようとすると抵抗しました。今にして思えば、翔はただならぬ母親の意気込みにおびえ、新しいことがはじまる不安とが一緒なって、泣くしか方法が無かったのだろうと思います。超音波のような翔の金切り声に呼応するかのように、昼寝をじゃまされた和樹の泣き声、耐えがたい二重奏でした。

最初の課題は、きちんと学習机に座ることからでした。翔は毎回、同じ教科書だというのに、まず教科書の直方体としての形状を確かめることからはじめます。前面、側面、裏側を確認します。ひと通りの儀式が終わると、おもむろに表紙をめくるのです。勉強が進む中でこちらの気が萎えていくのは、自閉症児特有の手応えの無さと反応の弱さでした。ヒートアップするのは、いつも私ひとりです。長さを教えるために家中の物をメジャーで測りまくったり、容量の勉強のため鍋やポットの水をメジャーカップで測りまくったり、汗だくになっている私の横で、翔は遠くを見るような冷めた目をしていました。

自閉症の人たちは説明を聞いていても、その視線は相手を見ることはあまりありません。ときおり、チラリチラリと鋭い視線をおくりながらも、やはり反対方向をぼんやり見つめていたりするのです。いい方に解釈すれば、「耳や目からバラバラに入ってくる情報を、懸命に脳の中で整理しようとしている」ようにも思えるのですが……。

私は、忍耐強い方ではないのです。「どうして、ちゃんと説明を聞かないの？」と翔の頭を小突いたり、「勉強する気がない子は、もう学校へ行かなくていい！」と玄関からランドセルを投げ捨てたこともありました。

自閉症児になにかを教えるのは、外から中身を見ることのできないコップに、ひたすら水を注ぎ込むような作業です。コップの水が満杯になり、いつあふれ出るのかはわかりません。けれども努力は、けして無駄にはなりません。「アレッ」という感じで、水があふれ出る場面に何度も出会いました。

一年生の秋、はじめての田辺先生との保護者面談へ出かけました。保護者面談から帰宅した私は、着替えながら、「いちゃ～いけないのかよ！」と、大声で叫びました。寝室へ引きこもり、小声で叫びつづけました。「翔は、みんなと一緒のクラスに、いちゃいけないのかよ」叫びながら手元にあった羽枕を、おもいっきり布団の上へ叩きつけました。いくら叩きつけても、ポスッ、ポスッと気の抜けたような音をたてるだけです。まるでこの一年の、翔と私の歩みのように……。

下校後に、親子で勉強にあてる時間はクラスで一番多いにちがいありません。でも翔は、クラスの最後尾にも追いつけません。翔の机の上には、小さな絵本がずらりと並んでいます。保育園のころ本屋へ寄ると、なぜかいつも買ってくれとねだるので揃えたものです。買った時には読み聞かせながら、「これらの本を自分で読めるようになったら、翔もふつうの子になれるかもしれない」などと、淡い期待を抱いていました。翔は、読めるようになりました。でも障害は、治らない……健常なクラスメートとの差は開いていく一方でした。「自閉症は治る病気ではない」頭でよくわかっているつもりでも、心がついていかないのです。「だってほら、目の前にいる翔は、あんなにもイキイキとした笑顔を見せているのに……」

その日、面談へ向かう私は晴れやかな気分でした。

――「翔は、とても成長した。チャイムできちんと教室に戻れるようになったし、算数も国語も遅れながらも進歩している。算数のドリルが全部できたので、『がんばった賞』をもらえるはずだ。翔は楽しみにしている。いつもらえるのか田辺先生に聞いてみよう」

そんなことを思いながら、学校へと歩いていました。教室の前で順番を待っていると、面談中のお母さんと田辺先生の笑い声が廊下にもれ聞こえてきました。私の番になり先生の前に座ると、先生の顔は心なしかこわばっているように見えました。小さな溜息をつくと、田辺先生は言いました。

「翔君ネ〜。私もどうしたものかと思って。やはり、個別級に移ってもらった方がいいかな〜と思って。私もね、ひとりでいろいろ大変なんですよ。翔君だけじゃなく、一年生はみんな手がかかって」

帰り道、「がんばった賞」のことなど、校庭で北風に舞うこの葉のようにどこかへ飛んでいってしまいました。


私は、翔が生まれるずっと前のことを思い出しました。大学を卒業してわずか四年間でしたが、私は教える側の立場にいたのです。のんびりと美大を卒業したものの、画家になれる者など極わずかです。就職先は、首都圏を中心に展開している児童英会話教室の講師でした。

ある日、三才になる美香ちゃんという子が、お母さんと一緒に教室へやって来ました。まあるい顔に、くるくるとした大きな目。おしゃまなおしゃべりが止まらない年ごろなのに、美香ちゃんはなにもしゃべりません。恥ずかしがっているのともちがいます。美香ちゃんは、教室の壁を伝うようにぐるぐると歩き回っていました。当時なんの知識もありませんでしたが、美香ちゃんは自閉症だったのでしょう。お母さんは、必死に訴えました。

「ことばが遅いんです。別に、英語ができるようにならなくてもいいんです。歌でもダンスでも、なんでもいいから、ほかの子と一緒にやらせてもらえませんか」

この申し出を、私は断ってしまいました。手のかかりそうな美香ちゃんを預かるのに、恐れをなしたのです。

立場が変わり、美香ちゃんのお母さんと同じ思いを、今、私は味わっています。だけど私に比べれば、田辺先生は立派です。少なくともこの半年、翔を受け入れ、なにかと気づかってもらっています。遠足、運動会、学校祭、さまざまな行事のたび、スナップ写真の中の田辺先生はいつも翔の隣で微笑んでいます。

その晩、私は田辺先生へ手紙を書きました。先生への感謝、迷惑をかけて申しわけなく思っていること、家庭での取り組み、そして私たち夫婦が、どのような思いで翔を普通級へ在籍させているか。翌日の連絡帳に、先生からの返事が書かれていました。

「はじめ、ただ責任感からお預かりしました。でも今は、翔君がかわいいです。ですから余計に、思うように手をかけてあげられないことが気になって、昨日のお話となりました。お母さんのお気持ちはよくわかりました。私も、もう少しがんばってみようと思います」

＊

障害児を育てるということは、さまざまな困難と出会うことです。母親が覚悟をもって取り組んでいったとしても、解決できないこともあります。そんなとき、本音でグチを言い合い、子どもの些細な成長をよろこび合うことができるのが、父親でした。夫は自営ということもあり、家にいる時間が長い。それでも仕事は忙しく、子育ての主な担い手は私でした。けれども和樹の誕生を期に、父親である夫の出番はどんどん増えていきました。

夫と翔、男ふたり組の外出が増えました。そしてなにが起こったか、「迷子」です。男同士の外出は実にダイナミックでした。海、山をはじめ、飛行機を見せるために羽田へ行ったかと思えば、ロープウェイに乗るために箱根まで足をのばします。

夫はまめに電話をくれます。「今ね、羽田にいる。エッ？　なに？　轟音でなにも聞こえないよ。あれ〜翔がいない！　切るよ！」「山の中の一本道なのにさ、翔のヤツ、走って行ったきり見あたらないんだ。もう少し探してみるけど、日が暮れそうだ。警察に連絡するかもしれない」「今、江ノ島にいる。翔のヤツ、またいなくなってさ。断崖の下ものぞいたけど、それらしいものはなにも浮かんでなかったから、もう一度戻って探したらいたよ。階段の踊り場のすみにしゃがんでいやがった」そんな電話がしょっちゅうでした。

私は、翔から目を離さないことが鉄則でしたが、夫はちがう方法に出ました。翔を困らせるようにしたのです。家族で外出したとき、本当に翔が迷子にならないように家族の一人がかげで見守り、ほかの家族は、翔が気ままにかけ出したらサッとわき道に隠れるようにしました。勝手をしているようでも、かならず家族が後からついて来てくれていると思い込んでいた翔は、振り返るたびにしょっちゅうみんながいなくなるので、翔の方からも、私たちを確認するようになっていきました。

夫は言います。

「男の子のしつけは、父親の出番だ。犬のしつけと同じだ。運動させて食べさせて、きびしく叱っていっぱいほめる。大きくなったら自由にさせる。でも男の子は、小さいときに自分より強いヤツがいるってことを、ガツンて知らせなきゃだめだ。社会のルールに反することをしたら、制裁を受けるってことをわからせる。それは父親の役目だ」

大きくなった息子たちは、夫の心配をよそにおだやか過ぎるほどです。次男の和樹に対してだけでなく、翔に対しても、夫のしつけはきびしいものでした。

翔は年令が上がるにつれ、ある程度の簡単な会話ができるほどに、ゆっくりですが進歩していました。コミュニケーションの手段としてことばを使うときは、ぼそぼそと低い声で話します。自閉症特有の意味のない独り言のときは、かん高い声です。このかん高い念仏のような独り言は、リラックスしているとき、また反対に、緊張状態にあるときにも、その緊張を解くためなのか延々とつづきます。家の中なら大目に見るのですが、一歩外へ出れば実に耳障りで迷惑です。けれども小学校中学年ごろには、病院、図書館など、静かにすべきところでは、だまっていることができるようになっていました。

そんなある休日、混雑した電車内で翔は父親と離れて座っていました。注意されないのをいいことに、翔は独り言のボルテージを上げていきました。次の駅に到着する直前、夫は人ごみをかきわけ、翔の前に立つと言いいました。「次の駅で、降りるぞ」長い間待ってやっと乗った電車を、目的地ではない駅で家族全員が降りました。

「電車の中で静かにできないなら、次の駅で降りる約束だろ。なんだオマエ、静かにしなくちゃいけないってことわかってるんだろ。お父さんが近くにいないからって、なめたマネしやがって」

夫に頭を叩かれ、翔の帽子が吹っ飛びました。狭いホームの上で、私たち家族を遠巻きに見つめる人々の視線を全身に刺すように感じました。「ごめんなさい。もう、しません」翔の必死の形相と低い声でくり返されるセリフの言い回しは、まるで健常者のようでした。

しかし厳しいだけの父親では、子どもたちはついてこなかったでしょう。小学校に入学して間もないころ、翔がひとりポツンとしていると、夫が言いました。

「翔はお友達ができないんだな。なら、今日からお父さんがお友達だ」

ことば通りその日から、午後の仕事を断っても、夫は翔と遊びに出かけました。あちこちの公園、アスレチック、プール、動物園。おもちゃ屋で山のようにプラレールを買い込んだり、お菓子の詰め放題なんていうのもありました。バスが大好きな翔が珍しいバスを見つけて乗りたがれば、ひと駅乗って帰って来る、ということもありました。わがままではない欲求は、とことん満たしてやるのが夫の流儀でした。イキイキとした顔で、ヒョコヒョコと夫の後をついてくる翔の姿は、親分を慕う子分そのものでした。


夫は、人相も悪いが口も悪い。なにしろ、私の乳癌発覚の翌朝にかけられたことばは、「やあ〜ガンちゃん、おはよう！」でした。ありし日をふり返りながら、夫は言います。「マ〜いろいろ大変だったよな。やなことばっかり！　コイツさえいなければばって、何度思ったことか」そして、間をおいてつづけました。

「でもさ、グルグルって、時間を翔が生まれる前に巻き戻して、神様が翔のほかに、親孝行な子、頭のいい子、出世する子なんて、いっぱい並べて、『どの子にしますか?』って選ばせてくれるとしたら、やっぱりもう一度、翔を選ぶな」

＊

――「三月だというのに、あたたかい空気に包まれる。ふんわりと優しく抱かれているようだ。ハイビスカス、ブーゲンビリア、赤、黄、ピンク、心浮き立つようだ。白く輝く砂浜の向こうは、広がる海だ」

――「ここは、天国かしら?　こんなに美しい海が、本当にあったなんて。海は、微妙なグラデーションをみせている。美大で学んでいたころ、こんな色の絵の具を持っていたかしら?　エメラルドグリーン、コバルトグリーン、セルリアンブルー、ターコイズブルー。ちがう、どの色もこの海の美しさを表せない。どんなすばらしい人工物も、この海の前ではくすんでしまう」

小三の春休み、家族ではじめて沖縄を訪れました。翔や幼い和樹を連れての旅行です。トラブルが無いわけがありません。案の定、美しい沖縄の自然をバックに、夫の怒鳴り声が響きました。

旅のよさには、いろいろあります。「帰る場所があるからこそ、旅は、楽しいのだ」と言う人もいます。それに加えて私は、旅に出ると自分の小ささや、抱える悩みの凡庸《ぼんよう》さに気づかされて、なにやらホッとするのです。

日常がくり返されるうちに、自分や家族を取り巻く狭い範囲の世界だけが、肥大化していきます。旅に出て、家からも日常からも離れてみると、旅先には星空のようにたくさんの家族や人々が散らばり、それぞれの土地に根ざした日常が、自分自身のものと同じ重みを持ってくり返されているのが、垣間見えます。そしてあらためて、自分もその星空の中の、消えてしまいそうな小さな星だと気づくのです。肩の力が抜け、また少しずつ、がんばろうと思うのです。

はじめ、沖縄旅行の計画に難色をしめしていた私に、夫は言いました。

「子どもたちが小さい、今という時間はお金に代えられない。まだみんな手がかかって大変だけど、『あのとき行ってよかった』って、あとになって絶対思うよ」

子どもたちが大人になった今になって、本当にその通りだったと、心から思います。

「ふっくらとした頬、やわらかな手足、子犬のような瞳、その笑顔」それらをあのときしっかりと握りしめておいて本当によかった。もっともらしい理由の方を優先していたら、それらは簡単に指の間からこぼれ落ちてしまっていたでしょう。後悔しても、時が戻ることはありません。

沖縄旅行の古い写真は、今でも宝物です。写真の中のきらめく海を眺める翔の小さな背中。なにを思っていたのでしょう、アルバムと一緒に、旅から帰ってすぐに描いた翔の絵が挟んでありました。「おきなわ」と書かれた下に、家族全員が描かれ、青い海が紙からあふれ出そうです。

今でもときどき、沖縄の海の夢を見ます。「ワ〜ッ、きれい！」いつも決まって同じセリフを言おうとして目が覚めます。目覚めてもなお、心も体も海の青で満たされています。

*

三年生に進級した翔の新しい担任は、新任の吉岡先生です。バラ色の頬、なびく髪、先生が笑うとパアッと明るくなります。声も字も大きく、元気なお姉さんのようです。

しかし就任して一カ月もたつと、「怒ると学校一怖い先生」として、生徒の間で有名になりました。先生はいつも真剣です。ルールを守らず危険なことをする子を叱るときも、クラスの中のいじめの芽にも、もちろん遊びや行事にも。それまでの二年間で、ある意味都合のいい立場をクラスの中で確立していた翔にとって、吉岡先生は脅威でした。

吉岡先生の尽力で、普通級に在籍したまま「支援級」へ通級できるようになりました。支援級は、学校の離れのような、ある意味落ち着いた場所にあります。設備も教材も整い、人手もあります。翔はすぐに支援級になじみました。

翔が支援級へ通うようになってから、校内でちょっとした変化が起こりました。翔の在籍する普通級の子どもたちが支援級をのぞくようになったのです。「へ〜っ、支援級って中に入ってもいいんだ。のぞいちゃいけないんだと思ってた」子どもたちは、先生の許可があればゲームをしたりダンスを踊ったりして、一緒に遊びました。

そして翔は、五年生に進級しました。まさか高学年になっても普通級に籍をおくとは思っていなかったのですが、支援級とのバランスがよく、特に学校側から苦情も無かったので、卒業までそのまま過ごしました。

担任はベテランのみどり先生に代わりました。みどり先生は、ベテランらしく安心感があり、勉学の指導にも熱心でした。しかし生徒たちは、思春期の入り口で一筋縄ではいきません。やがてグループ同士でももめごとが起きるようになりました。そして、「いじめ」が起きます。

ある日、みどり先生と校長先生が、わが家の玄関の前に二人並んで立っていました。

「申しわけありません。私たちがついていながら」

翔がすごく大変ないじめにでもあったのかと思い、私は身構えました。先生たちの話は、「二人の生徒が翔のオウム返しを利用して、悪口を言わせるオウムとして、翔を使ったのだ」という内容でした。先生方は、ひたすら謝罪して帰っていきました。しかし心の中に、なにかモヤモヤとしたものが残りました。先生たちの話を夫に話すと、

「だけどナ～翔は本当に一方的な被害者なのかい？　話を聞けば、翔だって悪いじゃないか。その子と一緒になって相手の悪口を言ったんだろう。そのときの翔は、ただのオウム返しで、なにも意味がわからなかったと思う？」

まさにその通りです。先生たちが帰ってからの心の中のモヤモヤは、それだったの

です。翔は自閉症という障害があっても、その年ごろの男の子という側面も持っています。「悪いことをしてみたい」「悪いことばを使いたい」そんな欲求に満ちあふれています。それは感じていました。でも先生たちは、翔に年ごろの男の子としての内面など見ようとしません。みどり先生の翔に対する口ぐせは、「かわいそうに」でした。先生たちにとって翔は、意思など持たないオウム返ししかできない、「かわいそうな障害児」でしかなかったのかもしれません。

そして、いじめの被害者として安全な所に逃げ込んでいた翔は、夫によって引きずり出されました。

「いいナ、バカとかデブとかハゲとか、ア〜、それから、◯ンコ、おしっこ、うんこ、そういう、人が嫌がるようなことを言ってはいけない。わかったか！」泣きべそをかきながら夫の部屋から出てきた翔は、小声でつぶやきました。「ウゼ〜んだヨ！」

＊

再びドアが開き、夫が怒鳴ります。「それも、ダメだ！」

翔が小学校で普通級に在籍したことは、とてもよかったと思っています。翔は、地域の人たちに知ってもらっています。かつてのクラスメートたちが、あちらこちらで、「翔ちゃん」と声をかけてくれるのです。うれしそうに翔は微笑み、その日の日記に「〇〇君と会いました」と、書きとめます。声をかけられたからといって、翔の場合、そのあとの会話がつづくわけではありません。「久しぶりに会えてうれしい」その気持ちがすべてです。でも本来人とは、そんなものではないのかなと思うのです。

翔という人となりに接して、振り返れば、「ああすれば、よかった」「あれはもうしわけなかった」と思うことは多々あります。しかし、翔が小学校当時の私は、若い母親のがむしゃらな情熱にあふれていました。障害の有無にかかわらず、「子育て」とは、そんなものかもしれません。本気でぶつかっていくしかないのです。

3

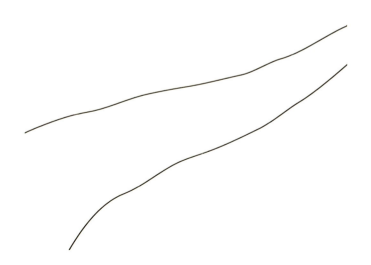

再発

早期に見つかった乳癌の温存手術は、数センチの猫の引っかき傷のような跡が残ったものの、乳房の形が変わることもなく、幸いリンパ節への転移はなかった。そして、「ホルモン療法」をはじめることになった。

乳癌のリスクの中に、「初潮の早い人」という項目があった。私はまさにそれだ。10才で初潮をむかえた。初潮についてなにも知らなかった。血を見ただけでもショックなのに、毎月こんな面倒なことがわが身に起こるのかと思うと、あんたんたる思いだった。

40年間ずっとつづいたその面倒な生理は、月一回の注射で呆気にとられるほどピタリと止まった。そのうえ、女性ホルモンが効かなくなるという飲み薬も服用する。急激に訪れた更年期で、体中が右往左往している感じがした。家事をしているとき、買い物をしているとき、話をしているとき、突然体の中で「カチッ」と音がして、冬だというのに体全体が燃えるように熱くなり、汗が滴り落ちる。いつ閉経してもおかしくない年齢ではあったが、人工的に、あまりにも突然にやってきた更年期に、心もついていかなかった。

――「もう、現役の女じゃなくなっちゃったんだ。なんだか、急にシミもシワもふえたしな～」

オシャレをする気にもなれず、妙に涙もろくなり、鬱々としていた。「癌」ということばの持つストレスは、心が感じている以上に強いものだったようだ。気づけば後頭部に、五百円玉ほどのハゲができていた。かなり目立つ場所にあり、毛の流れに逆らって不自然なヘアスタイルで半年過ごした。

そして鬱々とした気分に浸っている暇もなく、次男和樹の高校受験がはじまった。乳癌が発覚する直前、夏休み前の三者面談で担任から渡されたメモを見て、がく然とした。そこには、和樹のおそろしく低い内申点と、偏差値最下位に位置する高校の名前が書かれてあった。高校受験では、持ち点である内申点と、試験結果の合計で合否が決まる。和樹にとってこの内申点というのが厄介だった。自閉傾向のある和樹は、「やる気無し」とみなされ、ひどい成績だった。今更偏差値や学歴で、人の価値を計ろうなどとは考えていなかったが、

――「これが本当に和樹の実力？　この高校が、和樹の進むべき道で合っているの？」

喘息で体の弱かった和樹に、「元気ならそれでいい」と言ってきたが、和樹も大人になれば元気なだけでは生きていけない。和樹は、学校の勉強こそふるわなかったが、興味を持ったことには集中力を見せる子だった。

「元素展」をふたりで見に行った時のことだ。私は早く出口へ向かいたかったが、なにやら和樹は熱心に見入っている。半分眠っているような状態で立っていた私に、「こ、これは、すごく、珍しい金属なんだ。とても、融点が低いんだよ」私には、百以上もある元素の名前を和樹が暗記していることの方がおどろきだった。こんなこともあった。ルービックキューブを買った日、うまく揃えられずにイライラして消えた和樹の部屋のドアを開けると、床一面にバラバラになったルービックキューブが散らばっていた。「どういう構造なのか、調べてるんだ」と和樹は言う。数日後、得意そうな顔でルービックキューブを持ってやって来た。「グチャグチャにしてみて。かならず一分以内に全面揃えてみせるから」ストップウォッチ

を片手に、私は和樹の細く長い指先が素早く動くのを見つめる。55秒、「やっぱり、ダメじゃない……」と思った瞬間、「できた！」

和樹が自分の道を見つけるには、まだまだ時間がかかりそうだ。でも、担任がなんと言おうと、これらの高校は和樹の進むべき道じゃない。頼みの綱は、通いはじめた塾の先生だった。塾の先生は、担任のメモを叩きつけると言った。

「和樹君の実力が、こんなはずありませんよ。学区のトップ校なら、当日の得点だけで合否を判断してくれます。それに賭けてみませんか？」

念仏のような翔の独り言の隣で、和樹は集中して勉強している。「和樹、自信はあるの？」「ある、心配すんなよ。五教科全部満点とれば、まちがいなく合格だろ。とってみせる」塾の先生のゴーサインが出たのは、出願の一週間前だった。私は担任のもとへ直談判に走った。「和樹は、この高校を受けると言っています」その時の担任の唖然とした顔は忘れられない。

受験当日は、大雪だった。帰宅を待ちわびる。「カチャ」玄関の開く音がした。和樹だ。「ダメだった。満点じゃなかった。二、三問間違えちまった」「二、三問なんてどうでもイイ。ヤッタ～合格だ」まるでジェットコースターのような和樹の受験が終わった。

子はかすがいでもあると同時に、穏やかな夫婦の水面に石を投げ込む存在でもある。進学校に進んだ和樹は、難関大を目指し勉強に励むようになった。翔のことで、夫婦ともにすっかり判官《はんがん》びいきになっていたが、そのことで価値観に微妙なずれが生じてきた。技術職に就いている夫や奈美にとって、学歴にこだわること自体が無意味だし、思い出したくもない私たちの結婚のもめ事を、思い出させることとなった。夫とはケンカになり、ぎくしゃくとした日々がつづいていた。

そんな中、私は術後二年目の定期検診の結果を聞きに、病院へ向かった。

検査結果を聞きに行くときの胸のざわめきには、いまだ慣れることができない。まるで、「死刑宣告」を聞きに行くような気分だ。待合室で名前を呼ばれるのを待っている間に、ストレスで新たな癌が発生しそうだ。

――「きっと大丈夫、今のステージなら生存率98%だから、去年も大丈夫だったし」

病院を出る時、私は泣いていた。脇のリンパに、「再発」していた。なにも考えられなかった。

――「家へ帰らなくちゃ、とにかく、あの人のところへ」

ケンカをしていたことなんか吹っ飛んでしまった。夫の胸に飛び込むことだけを考えて歩きつづけた。私の頭をなでる夫の手は、震えていた。

「大丈夫、オレが守ってみせる。人殺しをしてでも守ってやる。神様に、オレの残りの寿命の半分を裕子にって、お願いしよう。とにかく落ち着いて、今、なにをすべきか考えよう」

二回目の手術に備えて、体調を整え、自分自身で「癌と闘う」という強い意志をもつためにも、私は夫と共に「癌の食事療法」をはじめた。

私の母は、30年間自宅で料理教室を開いていた。料理に関しては、手間を惜しまず研究熱心だった。きぬさやのすじ取り、もやしのひげ取り、母の手伝いの途中で、決まって私は急用を思い出す。私は、料理があまり好きではない。なにしろ365日だ。そして会心のできでも、称賛を浴びることはほとんど無いし、細心の注意を払って作ったお弁当も、お礼のことばも無くわしづかみに持って行かれるだけのことだ。

だいたい主婦業というのは、称賛と対価の伴わないものだ。たとえば、手作りのプリン、手作りのコロッケ、健康面や栄養面を考えれば、お金に変えられない価値がある。でも、「食」も商業ベースに乗せられている今では、そんな価値は排除されてしまっている。それでも、けだるい朝も、呪いたくなるほど夕飯を作りたくないときも、とりあえず私はキッチンに立ち、エプロンをしめる。家族の、そして私自身の健康を守るために。

たくさんの「癌の食事療法」の本を読んだ。驚いたことに、基本はほぼどれも同じ内容だった。「たんぱく質を増やし、塩分を控えた、昔ながらの和食」ということだ。そしてこの食生活は、癌のみならず成人病にも良い。「少しでも癌の進行が抑えられれば」と、食事療法をつづけてきたが、驚いたのは夫と和樹のしつこいアトピーが治ったことだ。

食事療法は、塩分、牛、豚肉を避け、大量の野菜をジュースにして飲む。白米もやめて、玄米、七部づき米にした。育ち盛りの子どもたちと私とは、別メニューを考えなくてはならず、最初はなにをどう食べたらいいのか途方にくれた。ステーキ、すき焼き、豚カツ、シュウマイ。好物はみんな禁止となり、なかでも大好きだったケーキをがまんするのはつらく、ケーキ屋の前は走って逃げるように通った。けれども面白いもので、半年もするとそんな食事にもすっかり慣れ、ケーキすらとくに食べたいとは思わなくなった。スーパーへ入ると、食材を、塩分、添加物などで選ぶようになり、菓子売り場、惣菜コーナーへは近づかなくなった。新鮮な野菜や果物を吟味するのも楽しく、魚、鶏、大豆製品を使った、新しいレパートリーも増えた。そしてあいかわらず称賛は浴びないが、今日もまた、おまじないのようにたくさんの野菜をジューサーにかける私だ。

平成24年、リンパの「廓清《かくせい》手術」を受けた。前回の手術の時には、人生はじめての手術ということもあり緊張は著しかったが、反面、「きっと治る」という希望の方が強かった。今回は、「もう手術はイヤだ、すべてから逃げ出してしまいたい」という気持ちだった。そんな後ろ向きの心がまえのせいか、術前一週間だというのに風邪で寝込んでしまった。なまじ一度手術を経験しているため、あの死体置場のような暗い手術室を思い出すたびに身震いがした。のろのろと入院の荷造りをしたものの、忘れ物ばかりだった。

手術後、麻酔から目覚めるとメスを入れた脇の下を中心に、半身を引っ張られるような痛みに襲われた。腕は固まったように動かない。ナースコールさえ手に取ることができず、ベッドの上に転がっている体は、みじめなボロ雑巾のように思えた。発熱が乱高下し、激しいめまいで天井がぐるぐる回転する。

術後六時間がたち、「介助を受けながら、起きてトイレへ行ってもいい」と言われたので、ベッドの上に座ってみた。ただそれだけで耐えがたい痛みに襲われ、そのまま気を失ってしまった。気づくと再びベッドに寝かされ、心配そうにのぞき込む先生や看護師さんの顔が目の前にあった。

「また倒れちゃうといけないから、明日までこのまま動かないようにしましょうか」

リンパの「郭清《かくせい》手術」を受けたあとは、縫合した傷のすぐそばにドレンと呼ばれる柔らかいストローのような管が差し込まれる。リンパ節を突然失って、行き場のなくなったリンパ液が、ドレンの管を伝わって排出されていく。管の先にある、冷凍保存パックのような容器に溜まっていくリンパ液の量が少なくなれば、ドレンの管を抜き、退院だ。リンパ液の量がなかなか減らず、入院は思ったよりも長引いた。

日曜日の病院は、がらんとしている。広いロビーも売店も、誰もいない。ガラス張りのロビーのエントランスから、日曜日のふつうの人々のざわめきがのぞき見える。パジャマ姿のままロビーの片隅で缶コーヒーを飲んでいると、不意にポロリと、涙が床に落ちた。せわしく行き交う車、微笑み合う人々、それに比べ、病気ばかりの役立たずな私。病室に戻ろうとすると、ドレンパックを首から下げ、痛む傷痕をかばいながら、背中を丸めて歩く私の姿がエントランスのガラスに映った。「まるで老婆のようだ」世の中からとり残されてしまったような気がした。ガラスの向こうの当たり前の世界が、夢のように輝いて見えた。

死の入口に立つとき、「先に亡くなった親族が迎え出てくれる」とよくいう。しかし、10数年前に相次いで亡くなった私の両親は、きっと迎えには現れないような気がしている。それくらい、私は親不孝な娘だった。

かけ落ちによって一度途切れた親子関係だったが、奈美の誕生によって修復された。けれども未熟な私は、夫と両親との間の潤滑油にはなれなかった。借金問題を機に、関係は再び途切れてしまった。翔の障害の問題もあった。

迎え出てはくれなくても、あの世に行ったら私の方から両親を探し出して、土下座をしてあやまりたいと思う。しかしそれは、かけ落ちや、そのあとのトラブルに対してではない。「年老いて、死を間近にしたその心細さ」「最後に、こんな私に会いたいと思いつづけてくれたその気持ちを、踏みにじったこと」に対してだ。

私という娘と縁が途切れていたからといって、父母がさみしい晩年だったかというと、そんなことはなかったと思う。姉夫婦や孫に囲まれ、親戚、友達付き合いにも忙しかった。父は、得意の語学を活かして、地区センターの英会話講師などをしていたそうだ。糖尿病から人工透析となり、老衰で父は逝った。77才だった。母は、自宅で30年続けていた料理教室を翌日に控えたまま、脳梗塞で突然に逝った。74才だった。

父の死の前日、母に電話をした。「明日、見舞いに行くから」そして眠りについた。午前二時ごろ、突然胸のあたりがざわついて目が覚めた。風も無いのに、枕元の高窓がガタガタと揺れた。「父が亡くなった」と思った。「裕子、もう、待ちくたびれたよ」父のそんな声が聞こえてくるような気がした。ほどなくして、鳴りひびいた真夜中の電話。もう、わかっていた。母が言った。「ここ数日、入ってくる看護婦さんをみんな裕子とまちがえてね。パパ、あんたの手紙をずっと大事に持ってたんだよ」私の手紙、それは、かけ落ちして間もなく父に宛てた、育ててくれたことへの感謝を綴《つづ》った手紙だった。

母は、一月のみぞれ降る寒い日に倒れた。その前月の年の暮れ、母からの手紙が来た。お札に添えられた一筆箋《いっぴつせん》、「元気にしていますか?」それだけだった。行間にあふれる、「会いに来て」に、なぜ気がつかなかったのだろう。母は、娘の私に向かって、「会いたい」などと、素直に言う人ではないことをよく知っていたはずなのに。

しかし、あの世で土下座をしてあやまったあとはまた、「じゃあね」と別れてしまいそうだ。私は娘でもあり、母でもある。そしてこの世でもあの世でも、私の意識の中では、母としての部分が99％を占めている。私はそうしなければ、翔を含め、三人の子どもたちを育てることなどできなかった。

退院後、傷の痛みは除々に癒《い》えていったが、脇の下に硬式テニスボールが挟まっているような違和感が長くつづき、腕がなんとか元のように上がるまでには、三カ月ほどかかった。抗癌剤のひとつ、「分子標的治療薬」の効果が期待できるということで、三週に一度、点滴を受けることになった。

郭清した20余りのリンパのうち、癌化していたのはわずか二個だった。まだまだ完治だって望める。再び希望を胸に、「がんばろう」と思えるようになった。

とまと

翔は小学校を卒業し、中学への進学を期に、特別支援学級に籍を置くことになりました。支援学級には、翔が入学した時点では六人もいましたが、卒業や転校で翔が三年になる時には、翔ただ一人になってしまいました。

「味処　翔ちゃん」それは調理実習後に、先生方をお招きして開く昼食会のことです。三年間の担任の新島先生が名付けてくれました。調理が大好きな翔のために、先生方が調理実習の日を増やしてくれたのです。でも、先生方と翔だけでは食べきれません。日替わりで、ほかの先生方を招いて昼食会を開くことになったのです。

翔は、幼いころから料理が好きでした。料理の本、料理番組、キッチンへも入りびたります。食べることが好きというだけでなく、作るのが好きなのです。小四の時からペティーナイフと小さなまな板を渡し、果物を切らせました。最初はハラハラしました。見ていると背中がゾクゾクしてきます。しかし、誰でも指に刃先が当たれば「イタッ」と、反射的にナイフをどかします。指を切り落とすような大事にはいたらないものです。

カレー、豚汁、ポテトサラダ、炊き込みご飯、コロッケ、おでん、本格的な調理実習でした。これまで家では、苺とかバナナとか、切ってもスッキリしない物ばかりだったのに、学校では、大根、人参、なんでもありです。くし切り、いちょう切り、千切り、いろいろ覚えました。トンッ、トンッ、トンッ、時間内に仕上がるのかと心配なほどにゆっくりだった包丁のリズムも、回を重ねるごとにテンポアップしていきました。いい香りが教室中に漂う四時間目、ぐつ、ぐつ、ぐつ、煮込みのリズムと一緒に、お腹も鳴りはじめるのでした。

思春期は、皆それぞれにバランスを崩し、自分自身をもてあまします。10代の男の子のエネルギーはマグマのようです。

翔にも、第二次成長が現れてきました。鼻の下の産毛は日に日に濃くなり、声の高低が定まりません。自己主張もするようになりました。しかしきょうだいの中で真ん中の子というのは、きびしい立場です。姉の奈美は高一、ビシビシ怖い姉さんです。弟の和樹は小一、これまで圧倒的に小さく守ってやる存在だったのに、小生意気になり自分の存在をおびやかします。

奈美、和樹、私の三人で話が盛り上がってくると、それをさえぎるような大声で、「ネエネエ、お母さん!」と、けれど悲しいかな、翔はそのあとの会話がつづきません。

仕方なく翔は次の手を考えました。話の盛り上がりがピークに達すると、翔は私の手を取り自分の胸にあてるのです。そして自ら宣言します。「翔ちゃん、ここにいますよ〜」翔はくやしいのでしょう。自分の理解できないことでみんなが笑っているのが、仲間はずれにされたようでおもしろくないのでしょう。くやしまぎれに、そばにあったゴミ箱を蹴飛ばします。しかしみんな一瞥《いちべつ》をくれるだけです。きれい好きな翔は、今度は床に散らばったゴミがまんなりません。自分が散らかしたゴミを拾い集めて、ゴミ箱へ戻すのでした。

私は、「中学時代は輝いていた」そう明言する人と接すると、自分とは別世界の人のように感じてしまいます。特にこれといって悪いこともなかったのに、中学時代を思い出すと、たれこめた梅雨空のようだったと思うのです。劣等感に打ちのめされたかと思えば、高慢に極まり、妙な疲労感を覚えた翌日には、内なる凶暴なエネルギーをもてあまし、毎日がやじろべいのように揺れていました。

夏の公園で、木陰に羽化に失敗した蝉《せみ》を見つけました。裂けた硬い殻から、片そでを脱ぐようにして、蝉は息絶えています。人間も同じです。大人へと羽化することは、大変なのです。

＊

中二の冬、その日学校は半日でした。私は帰宅した翔にサッと肉を焼き、サラダを添えて出しました。すでに昼食を終えていた私は、そのままキッチンを片づけはじめ、夫は翔の脇のカーテンを大きく開け放ち、布団を干しはじめました。冬の日差しは、家の中へ長く差し込んできます。正午の強い日差しが、翔の正面にある鏡面仕上げの家具に反射して、妙に眩《まぶ》しく輝きます。

まばたきもせずその光を見つめていた翔は、箸《はし》を持ったまま突然、ゆっくりとのけぞりました。すばやく夫が支えたため、翔は床に頭を打ちつけることなく、ゆっくりと崩れ落ちました。体中が硬直し、マヒしています。開いたままの瞳は、黒目が左右に細かく揺れています。もちろん、意識はありません。

「てんかんだ」

三才の時、児童精神科のドクターに言われたことばを急に思い出しました。「自閉症児は思春期に入るころ、てんかんの発作を起こすことがよくあります」しかし、体の方はいたって丈夫だった翔についていて、そんな心配があることなど、長い間すっかり忘れてしまっていました。

数週間前から、その兆候がありました。元気に登校した翔が「突然もどした」という連絡で、学校の保健室へむかえに行くと、翔は妙に深く眠っていました。「風邪気味でもないのにオカシイな」と思ったのですが、それはてんかんの部分発作だったのです。てんかんは、異常な電気信号が脳の中を駆け巡り、ショートしてしまったような状態になります。ショートしている部分と強さによって、現れる症状はちがいます。

――「もっと早く、気づいてやっていれば」

目の前の翔は、なかなか意識が戻りません。悪いことに食事中だったため、口の中は食べ物でいっぱいです。そして全身がアズキ色になってきました。「チアノーゼだ」一一九番通報し、電話口の指示通りに夫が翔を後ろから抱きかかえ、組んだ腕でみぞおちを押し上げると、口から肉片がこぼれ落ちました。まもなく翔の意識が戻るのと同時に、アッという間に救急車が到着。救急車で運ばれた翔は、搬入室で深く眠っていました。腕には、血圧と脈拍を監視するコードが巻かれています。途中でうっすらと目をあけましたが、「お母さん、ここにいるよ。ずっとそばにいるから大丈夫よ」と声をかけると、再び眠ってしまいました。

後日、脳波検査を受けるために、翔と共に再び病院を訪れました。翔にとって苦手な場所へ行くときは、あらかじめその目的とスケジュールを確認します。「病院で検査して、よくなるためのお薬をもらいましょう」と説明しました。また、なにか楽しみも必要です。好物のいなり寿司を作り、「検査が終わったら、一緒に病院の中庭で食べようね」と約束しました。

脳波は、いろいろな状態で調べます。安静時、光を当てたとき、睡眠時。睡眠時の脳波をとるのは一苦労でした。緊張している翔は、睡眠薬を飲んだのに頭に電極をいっぱい貼り付けたまま、ベッドの上でパッチリ目を開いています。再び睡眠薬を増量して飲みましたが、結果は同じでした。「困った」けれども仕方ありません、なんとか検査を終え、ふらつく翔をタクシーに押し込み家へ帰りました。

翔は、そのまま布団へ倒れ込むと、死んだように眠りつづけました。夕食の時間になっても、ピクリともしません。入浴の時間になっても、寝返りもせず動かないままです。いささか心配になって、「翔ちゃん、なにか飲む?」ダルそうに、うっすらと目を開けた翔は、酔っ払いのようにロレツが回りません。

「もう、お昼?」

「いっぱい寝たからもう夜よ。なにか食べる?」

「いらない。お母さん、おいなりさん、先に食べてていいよ」

「そう、ありがとう。翔ちゃん具合はどう?」

「大丈夫、お薬飲んだから」

――「お薬? てんかんの薬はまだ処方されていないはずなのに……ああ、そうだった。よくなる薬をもらうために病院へ行こうと私が翔に説明したのだった」

とたん、胸がつかえたように痛みました。

――「まるで、だましたようじゃないか。翔は素直に大量の睡眠薬を飲み干し、あげくがこのありさまだ。だるそうにロレツが回らない。翌朝になっても翔の具合がよくならなかったらどうしよう。翔は、人を疑うことを知らない。ましてや母である私のことを……」

翔が二才の時、自閉症と診断された夜、私は親子心中を思いました。こんなにも純粋に私の言ったことを信じ、こんなにも具合が悪い時に私のお昼の心配をしてくれるような、思いやりのある翔に対して……。

「今日の夜ごはんは、ハンバーグだ」「夜ごはんを食べたら、トイストーリーのDVDを観るんだ」「あしたは、ドライブだ」日常のあまりにもありふれた、ごく些細なことに、翔は「幸せ」を感じます。くり返されるあたりまえのことを、飽きもせずによろこべる翔を、ときどきうらやましく感じるほどです。

――「翔は毎日、私に教えてくれる。『幸せは、なにか特別な出来事の中にあるんじゃないんだよ。いつも、ここにあるんだよ。それぞれの心の中にあるんだよ』ということを。母の私はもう気づいている。翔は、愛や幸せがなんなのかをすでに知っていることを……」

――「それなのに、翔が私の期待通りの子どもではないからといって、外出先で翔のせいでイヤな思いをすることがあるからといって、悲しんだり不安に思うのは、母としての私の傲慢《ごうまん》だ。自閉症という障害をどかした翔のことを、私はどれだけ理解できているのだろうか？」

そんなことが、次々と心に浮かんできました。

眠る翔の、角ばった顎のあたりは大人びてきましたが、頬はまだふっくらとした少年のままです。ゆっくりと上下する胸は、まだとても小さい。翔の手を握る。伝わるぬくもり、感じる鼓動、今こうして、同じ場所で同じ空気を吸っている。

――「それ以上、私は翔になにを望んできたのだろう」

＊

障害の有無にかかわらず、中学までは義務教育です。障害児は中学を卒業したら、その障害の種類や程度によって様々な場所へ行きます。中学を卒業した翔は、「特別支援学校高等部」へ入学することになりました。

閑静な高台の住宅地の中にあるその支援学校は、小学部、中学部、高等部が一緒になっています。一見するとふつうの公立学校のようですが、よく見ると、生徒が行方不明にならないよう、周囲をぐるりと高い柵で囲まれていました。

翔の学年は、全部で三クラスです。一クラス生徒が七人、担任が五人です。高等部からの新入生は三人で、四人は小学部からの持ち上がりです。すでに九年も在籍している持ち上がり組の生徒や父母から見ると、翔や私は新参者です。迷路のような校舎の構造や、クラスメートや先生の名前を覚えることからのスタートです。

七人のクラスメートは、全員自閉症でした。けれどもその個性は様々です。幸子ちゃんと浩君は、ことばを持ちません。幸子ちゃんの視線の前に立つとき、私たちはまるで自分自身が存在していないかのような錯覚を覚えます。浩君は、パニックを起こすとこぶしで自分のこめかみを殴りつづけます。厚君と駿君はことばを話します。でもそれは主に独り言で、会話にはなりにくい。翔と共に新入学した涼君とさつきさんは、多少かみ合わないところはあっても、会話ができます。

ふつうの高校には、偏差値によるランク付けがあります。特別支援学校には、偏差値は無いものの、学校間、クラスの中、やはり暗黙のランク付けはあるのです。でもそのランクは普通の高校とはちがって、本人や親の努力では変えられないものです。小、中といつでもクラスの最後尾だった翔は、高等部に入学したとたん、優等生と位置づけられました。会話が苦手でも、身の回りのことが一人でできる翔は、それだけで優等生なのです。

特別支援学校というのは、授業参観や行事が多く、保護者同士が顔を合わせる機会がよくあります。自然と親しくなっていきます。けれどそのうち、持ち上がり組と新入組との間に、微妙にぎくしゃくとしたものを感じるようになっていきました。持ち上がり組の幸子ちゃんのお母さんは言います。

「いいわね。翔ちゃんはなんでも一人でできて。幸子みたいに手のかかる子の大変さはわからないでしょう」

そのあと、幸子ちゃんのお母さんと一緒に学校行事の準備をすることになりました。並んでお昼を食べながら、互いのグチを聞きます。話を聞きながら、「確かに私には、幸子ちゃんのお母さんの苦労はわからないのかもしれない」と、素直に感じました。自閉症児の子育てといってもその個性はまちまちで、ひとくくりにはできないのだと、あらためて感じました。

高校生活にもすっかり慣れた高二の秋、自主通学の練習をはじめました。翔の場合、家から最寄のバス停までの徒歩通路は、すでに一人で往復できるようになっていました。しかし、心配は尽きませんでした。一つひとつクリアしていくしかありません。

まず、土日をかけてバス停から学校までの道のりを練習しました。次に、乗車区間のバス停の名前を順に書き出し、翔の机の上に貼ります。ふつうは、乗る駅と降りる駅の名前さえわかっていれば、その途中のたくさんのバス停の名前など気にしませんが、翔は、一つひとつ確かめながらバスに乗ります。また、バス停にはたくさんの種類のバスが止まります。「乗って良いバス、ダメなバス」それも板書して貼りました。都会のバスはせっかちです。乗るそぶりを見せないと猛スピードで通過します。片手を挙げる合図も練習しました。乗降ブザーの押し方も徹底します。乗り過ごした場合も考えて、次の駅から学校までの行き方も練習しました。

万全の準備を整え、いよいよ開始です。家からバスに乗って学校まで行くだけなのに、家族総出の大行事となりました。私は翔を送り出し、GPSでその動きを追います。夫は校門前で待ち、乗り降りのバス停では、奈美、和樹が隠れて確認します。まるでスパイ大作戦です。そうして無事に学校までたどり着いた翔は、とても誇らし気でした。「一人で行ったよ。バスに乗って」こうして、自主通学はスタートしました。

順調に自主通学はつづき、だいぶ慣れたある日、通学路途中に立て看板を見つけました。「工事のお知らせ」とあります。いつもの通学路は、「通行禁止。迂回してください」と書いてあるのです。当日は交通整理の人が立つのでしょうが、翔がその指示に従って素直に行くとは思えません。係りの人ともめごとになるかもしれません。しかも工事の開始は、「〇月〇日ごろ」と確定されていないのです。「やっと慣れたのに。なんで工事なんかするのヨ～」と、やつあたりのような独り言をつぶやきながら、私は看板の下に書いてある連絡先へ電話しました。「あの、〇月〇日ごろとあるんですが、工事の開始日は、正確には何日ですか？」迷惑なクレーマーに対するように、電話口の対応は無愛想でした。仕方なく、「息子は自閉症で、工事開始の日には付き添う」と伝えると、「それは心配ですね。本社に問い合わせてみましょう」と、親切な対応に変わりました。

翔の自主通学は、たくさんの人たちに支えられながら、平和につづいていきました。見守ってくれていたのは、支援学校の先生方だけではありません。小、中学校の時の先生、クラスメイト、みんなが、それとなく翔を見守ってくれていました。

――「差別も犯罪も、悪いことはたくさんある。でもそれ以上に、世の中にはたくさんの善意があふれている」

＊

高三になると、就労にむけた現場実習が次々とはじまります。それぞれ希望の作業所などへ出向き、一週間ほどの実習をさせてもらいます。仕事の内容は、クッキーやケーキなどのお菓子作り、パン作り、袋詰めや箱の組み立て、接客、清掃などがあります。支援学校に通う彼らにとって、就労の選択肢はあまりありません。不況になれば、一般企業の障害者枠の求人は減り、頼みの綱の作業所は、いつも定員いっぱいです。作業所は学校とちがって卒業がないので、なかなか空きが出ないのです。

翔は二つの実習へ行きました。一つは大手スーパー。二階建ての大型店舗です。仕事は商品を並べることです。新しい物を奥へ、古い物を手前にします。ラベルはきちんと向きを揃えます。それらの仕事は、翔にとって得意分野でした。

問題は、実際のお客さんとの応対です。いくら実習生の名札を付けていても、お客さんから見れば店の人です。失礼のないよう、お客さんに声をかけられたときの対応を練習します。「少々、お待ちくださいませ」店長さんのマネをして、翔もくり返します。「少々、お待たせください」「少々、お待ちいたしました」どうもうまくいきません。どうして、そんな決まり口上のひとつがうまく言えないのか不思議です。

実習がはじまって三日目、どんな風にしているのかこっそり見に行きました。柱の影から翔の様子をそっとうかがいます。従業員もお客さんも誰もいない、昼過ぎの店舗の二階で、翔はひとり、小さなハタキを手に、商品のホコリを払っていました。誰も見ていなくても、翔は一つひとつていねいにホコリを払い、商品を棚に並べていました。なんだかその横顔は、とても寂しそうに見えました。

「自閉症」ということばの響きは、自分のカラに閉じこもって、他者との関わりを避けているかのようにも聞こえます。けれども、そうではありません。ことばによるコミュニケーションが苦手なだけで、翔の関心は外へ、他者へと向いているのです。健常者には通じないような冗談を言って、笑い合える仲間を必要としているのです。支援学校では、その仲間は存在していました。けれども、この職場には存在しません。当然です、ふつうの職場なのですから。みんなとても親切に翔のことを見守ってくれています。けれどそこには、超えられない壁が存在しています。黙々と商品を並べる翔の横顔に、私は胸が締めつけられました。「なんだろう、この痛みは？」

――「親子というのは、不思議なもの。生れ落ちたその瞬間から別の人格なのに、子がいくつになっても、子が善人でも悪人でも、できが良くても悪くても、自分自身のことより気にかかり、寂しそうな横顔に胸が痛む。親という字は、木の陰に立ってそっと見守る様子を表しているそう。実際のところ、いくら過保護な親でも、子が大きくなればなるほど、なにもしてやれないことが多い。しかし親の出番が無くなるころには、子はなんでも自分の判断で決めていく。翔は、17才。ふつうなら、本人の希望が一番。けれども翔の希望は……責任を感じる」

もう一つの実習先は、作業所「とまと」でした。仕事は、お弁当作りと配達です。料理好きな翔の目は輝きました。楽しい仲間もいます。問題は配達です。「やっと、自主通学ができるようになったくらいなのに、一人で配達など行けるのだろうか？」不安は尽きません。そしてお給料の点もあります。民間のスーパーならお給料が支払われますが、作業所はどこも給料はあって無いようなものです。なかなか決められない就労先。けれどもふと思いました。「翔にだって、上手くことばにできないだけで、本人の希望があるはずだ」私は、翔に聞いてみました。

「翔ちゃん、『スーパー』のお仕事と『とまと』のお仕事と、どっちが好き？」間髪を入れず、翔は答えました。

「とまと！」

もう、迷うことはありません。

＊

高校を卒業し、春、翔は希望通り「とまと」へ通いはじめました。

「とまと」のお弁当は、やさしい味がします。薄味で、化学調味料をいっさい使いません。手間のかかる工程をすべて手作業で行っています。たとえば鯛めし。大きな鯛を蒸すところからはじめ、その鯛をみんなでほぐし、骨をピンセットで取りのぞくのです。けれどお得感のあるお弁当がちまたにあふれる中、一見地味な「とまと」のお弁当は、けして人気があるとはいえません。「障害者の作るお弁当なんて、なんかイヤだわ」と言う人だっています。

所長さんは、「とまと」の立ち上げに大変苦労されました。お弁当の衛生管理、配達の安全面。予測不可能なトラブルも多いです。たとえば、二人一組で配達に出て、Aさんは戻って来たのに、Bさんは戻って来ない。Aさんに事情を聞くと、「Bさんはよく寝ていたから、起こすとかわいそうだから、そのまま電車に残して一人で帰って来た」と言う。一時が万事です。

毎日、100個を越えるお弁当が手際よくでき上がっていきます。彼らはキリリとした顔つきで、町の中を配達にまわります。たしかに、調理も配達も多少の危険は伴います。でもだからこそ「とまと」のみんなは、「仕事が本物だ」という手応えを感じているように思います。

はじめ私は、配達へ出る翔のことが心配でたまりませんでした。「迷子にならないか?」「事故にあわないか?」けれど、「巣立ちの練習をしているヒナの足を引っ張ってどうする」私は、腹をくくるしかありません。

仕事にだいぶ慣れてきた六月、雨模様の蒸し暑い日がつづきました。誰でも外出を控えたくなるような天気です。翔がめずらしく、朝ぐずっています。それを見て夫が声をかけました。

「○○さんが待ってるよ。翔がお弁当、届けに来てくれるのを待ってるよ」

翔の顔が、パアと輝きました。

「待ってる? ○○さん、『とまと』のお弁当、待ってる?」

「とまと」では月一度、土曜日に余暇活動があります。職員さんの引率で、ハイキング、観光、カラオケ、映画、ボーリングなど、様々なレジャーに参加できるのです。はじめての余暇活動は、山へのハイキングでした。待ち合わせ場所は、自宅の最寄駅から電車で一つ目の駅の改札口です。翔を送り出し、「もうそろそろ、みんなそろって出発したころかな？」などと思っていると、電話が鳴りました。職員さんからでした。「もう家を出ましたか？」一気に血の気が引いていきます。「やってくれたか」幼いころはよくありましたが、久しぶりです。「翔は一人でいったいどこへ行ったのだろう？」ＧＰＳで居場所を検索します。

翔は電車に乗って、山の方面へ向かっていました。ハッと、昨晩布団に入ってからの翔との何気ないやり取りを思い出しました。「山へは、どこの駅で降りるの？」と翔が聞いてきました。ハイキングのプリントには、詳しい行き方は書かれていませんでした。私は、待ち合わせの場所まで行けばみんなそろって行くのだからと思い、いい加減に答えました。「ウ～ン、Ａ駅かな～」。

――「そうか、翔はＡ駅を目指しているんだ」

翔の携帯電話を鳴らします。

「もしもし翔ちゃん。いまどこ？」

「B駅」

「じゃあね、そこで降りて待ってて。むかえに行くから」

「……………」

「翔ちゃん、そばに誰かいる？　駅員さんとか、代わって」

翔から携帯電話を押しつけられた見ず知らずの人が、断っている様子がもれ聞こえます。「しまった、よけいなことを言うんじゃなかった」

「とにかく、そこで降りて待ってて」

でも翔の位置を示すGPSの星印は、どんどんA駅へと進んで行きます。一度カチッとインプットされたことを、翔の頭から引き抜くのは至難の業です。夫は、高速をとばしてA駅へと向かいました。私は、A駅に電話します。駅員さんはすぐ翔を見つけ、駅舎で待たせてくれました。なんとかみんなと合流し、ハイキングを楽しむことができました。合流先へ車をとばしながら、夫は翔を怒鳴りつけたそうです。

「いいか、待ち合わせってのは、みんながそろうまでず～と待ってるんだ。一人で勝手に行くな！　みんな迷惑だ」

帰宅後、翔はいつものように日記を書きます。でも翔の日記は、いつも都合の悪いことは削除されています。「なんて書かれているんだろう」こっそり日記を開いてみました。「山へハイキングに行きました。A駅で、お父さんと待ち合わせをしました」日記には、そう書かれていました。

＊

一月、私の住む市では、一般の成人式はアリーナ会場で行われます。しかしとても混雑するので、翔は障害者向けの成人式に出席しました。

翔は、「とまと」の工賃を貯めて買った新品のスーツを着ています。濃紺のオーダーメイドで、スリムな体にピッタリ合っています。それに、私がプレゼントした薄いブルーのワイシャツと、渋いピンクのネクタイを合わせています。その横顔は、彫が深く、ミケランジェロのダビデ像のようです。私は思わず声をかけました。

「翔ちゃん、ステキよ。そのスーツとても似合ってるよ」

翔はうれしそうに笑顔を返し、私の手を取ってスキップします。

――「道行く人々には、私たちはどう映っているのだろう……障害のある息子とその母親とわかればいいが……若者をたぶらかす変なオバサンと思われたら心外だ」けれども、例え相手が息子であろうと、50を過ぎて若い男性とこうして手をつないで並木道を歩けるなんて、私は幸せ者です。

翔の障害が明らかになって以来、「障害」ということについて考えない日はありませんでした。「世の中は、健常者だけのものかしら?」「障害者は、不良品ということ?」生物には、障害といえるような種が、かならず一定の割合で出現するそうです。それは、生物にとって絶滅を防ぐ知恵なのだそうです。私には、そこになにかしら、人の理解を超えたものが存在するように思うのです。翔を育ててきて20年、今は思います。「なんらかの理由があって、障害者は生まれてくるのだと」

――「あの遠い日、親子心中などバカなことをしなくてよかった。のぞくことすら恐ろしいと思った未来という暗闇。けれど見上げれば、そこはきらめく星の降り注ぐ世界だった……翔ちゃん、私もあなたを育てたけど、あなたも私を育ててくれてありがとう。あなたの存在が、私に多くのことを気づかせてくれた。あなたの存在が、それまで一番大切だった自分自身をさておいても、守るべきものがあるということを教えてくれた」

六月、降りしきる雨のなか訃報は伝えられました。「とまと」の仲間、美穂さん。享年27歳。末期癌とわかってから八カ月でした。

――「二カ月程前までは小康状態で、『とまと』にも遊びに来ていたのに……」

ふっくらと、まあるい顔の美穂さん。みんなのお姉さんのような存在でした。あるとき、バス停で美穂さんと一緒になったことがありました。あたたかそうな白いフワフワの帽子が、なんだか美穂さんにピッタリでした。「その帽子、とっても似合うわ」そう声をかけた時の、美穂さんのはにかんだような笑顔が忘れられません。

人は、死期を選ぶことはできません。それは、人の力の及ばないものなのだから……たとえ自死であっても、深い意味でやはりそうなのでしょう。誰でも、自分の死というものを考えるとき、恐怖に打ち震えます。それは、生まれる以前の世界を理解できないのと同じで、自分の理解を超えているからなのかもしれません。

そして身近な人の死は、残された人を痛めつけます。ほんの数分前まで同じ空気を吸い、ぬくもりを感じ合っていたのに、「突然に消えてしまった」その事実を受け入れることができません。その荘厳《そうごん》な事実の前に、人は為《な》すすべがありません。けれど、つきつけられた死こそが、人を「生」へと、真剣に向き合わせてくれるのかもしれない……「ありがとう、美穂さん。先に天国で待っていてね」そう思った時、私の胸の奥はチクリとしました。

――「私は、天国へ行けるのかな？　これまでの人生、たいして悪いこともしなかったけど、たいして良いこともしてこなかった。死んだあと、翔やみんなに会えなくなるのはイヤだな」

「毎日を大切にしよう」という優等生のような決まり文句が頭に浮かびました。でも、「毎日を大切にってどういうこと？」頭ではわかりませんが、心ではわかるような気がします。

――「それはきっと、人生を語るすばらしい理論なんかじゃない。翔のように、目の前にある自分の仕事を、心を込めてつづけること、日常の些細な幸せを楽しむことだ」

私は、癌患者です。初期で見つかった癌でしたが、そのあと再発し、現在も治療をつづけています。死の恐怖は、常に心の中にあります。たとえば、心地よくまどろんでいるとき、それは突きつけられたナイフのように、ヒヤリと首のあたりをかすめます。楽しいとき、美しい景色を見たとき、「もうこれが、最後かもしれない」という物悲しい思いにとらわれます。けれど、「そんなものばかりに振り回されて、貴重な残り時間をむだ使いしたくない」

――「人生を振り返り、たとえ後悔する出来事があったとしても、時間を巻き戻すことなどできない。残された未来があとわずかだとしても、イヤ、残りわずかであればこそ、悔いの無いよう、毎日を過ごしていきたい」

いつものように、私は夕飯の支度をはじめます。今日のメニューは天ぷらです。天ぷらは、翔の大好物です。私の傍《かたわ》らで、いそいそと大根をおろしたり、天つゆを配ったりしています。翔は、「海老の天ぷらもある？　天ぷらおいしいよね。ヤ～お母さんの天ぷら最高だな～」よだれがたれそうなくらいの、イヤ、時々本当にたらしてしまうこともある、満面の笑みを私に向けます。その笑顔は私に伝染します。菜ばしを持つ手に気合が入ります。

――「このひとときは、なんて幸せなんだろう。胸が奥の方から、ぽかぽかしてくる」

四才の翔が描いたかたつむりの絵を見て、翔の中に、幸せを感じる心がきちんと育っていることに気づいたよろこびを、今も忘れません。「カツムーリ」と、はにかむようにつぶやいた翔の幼い声を、今も忘れません。あのとき、「障害を抱えて生きる翔を守り、導ける、強くてかしこい母親になりたい」と、心の底から願いました。あれから20年。

――「理想通りの母親にはなれなかったのかもしれない。でも翔は、りっぱな青年になった。これからも翔は、障害を抱えたまま生きていく。思うがままに物事を決めたり外出したりする自由はなく、会話も不自由だ。けれども翔は、些細な日常から、幸せをすくいあげる達人に育った」

――「命のゆらめきを前に、すぐに不安や恐怖に捉えられてしまいがちな私の、『幸せスイッチ』をいつもオンにしてくれる。これなくしては、どんなに幸運に彩られた人生でも、世界中探しても、どこにも幸せなんて見つからない」

幸せは
あたりまえの毎日の中に見え隠れする
朝を告げる小鳥のさえずり
春のそよ風が運ぶ沈丁花の香り
日差しの中できらめく若葉
夕暮れにともる家々の小さな灯り

幸せは　私の中に　そして　あなたの中に

2部

つづいていく道

1　私亡きあと

手術から一年半後、就寝中、寝返りを打つと思わず声が漏れてしまうような鋭い腰痛に襲われるようになった。鈍い痛みと共に、片足に体重がうまく乗らず歩きにくくなった。腸骨に転移していた。「遠隔転移」そのことばの持つ意味は、とうに理解していた。

――「もう、癌が治ることはない」

――「余命二年。五年後生存率20％」

本の中の、そんな文字がリフレインする。遠く、振り切ったと思っていた死神。首筋に冷たい息を吹きかけられ、振り向いたら死神の顔は目の前にあった。そのとき使っていた手帳には、「バカヤロ～」と、なぐり書きがしてある。

――「なぜ、この体は思い通りにならない？　応援してくれている家族の期待に応えられない？　仕事、勉強、趣味、なにか新しいことをはじめようとするたび、後ろから突き飛ばすようにして邪魔をする？　癌だけじゃない、潰瘍性大腸炎も入れると、もう闘病生活は20年だ。私の人生は病気ばかりだ。そしてストーカーのような癌細胞よ、いい加減にしろよ、私が死ねば、もろともなんだからな」

もう、未来を描く権利すら奪われてしまった。日常の人ごみの中にいると、たとえようもない疎外感を感じた。

――「あの人々の中に、もう私は戻れない。もう気楽に人生を楽しめない。癌にならなければ、まだあと10年も20年も生きられたかもしれないのに……くやしくてたまらない」

穏やかに笑いながら買いものを楽しんでいる人々を、突き飛ばしたいような衝動にさえかられる……死への恐怖は、私をはがいじめにした。

そして、平成25年の九月、私は、救急車で運ばれた。

「ひどい貧血で心不全を起こしかけているから、輸血します」

持病の潰瘍性大腸炎が悪化したのだ。骨転移の放射線治療か、ストレスか、原因はよくわからない。絶食療法の後《のち》、やっと快方に向かった矢先、今度は片足が倍の太さに膨れあがった。高濃度栄養の点滴を落とすために入れていた、足のつけ根の「カテーテル」からお腹にかけて、巨大な血栓ができていた。血栓が肺に飛び、「死」に至る危険があった。

それは、不思議な空間だった。ベッドの周りはベージュ色のカーテンで囲まれている。聞こえてくるのは遠いナースステーションの話し声と足音だけ。それは、不思議な時間だった。長くつづいた絶食と安静のせいで、差し込む薄明かりが、朝なのか夕方なのか、区別がつかない。眠っているのか目覚めているのか、自分でもよくわからない。

「南さん、とにかく動かないでね。わかるわね。急に胸が苦しくなったら、このボタンを押してね」看護師さんは、私の手にナースコールのボタンを握らせると、カーテンを閉めた。「わかるわねって、死んじゃうってこと?」こんなにも軽く、彼女は私の枕元に「死」を置いて去って行った。手の中のボタンが、起爆装置のような錯覚さえ覚える。それは不思議な感覚だった。癌になって以来、ずっと「死」は黒雲のように覆いかぶさる怖ろしいものだったのに、なんだか旧知の間柄のような親しみさえ覚える。そして未知の世界である、「死」というものをのぞき見てみたいような好奇心さえ感じる。心の中に、ポンッ、ポンッと、ことばが浮かんでは消える。

――「とにかく、生まれてこれてよかったじゃないか。死ぬってことは、生まれてきたからさ」

――「かけ落ちしてまで、本気で愛した人と結婚してよかったじゃないか。反対した両親が言った通りずっと貧乏だったけど、幸せだったんでしょう」

――「翔の子育てには苦労したね。よくがんばった。翔の障害がわかった時、これ以上悪いことはないと思ったけど、今は神様が与えてくれた一番の贈り物だと思う。だって翔のおかげで、少しはものがわかって死ねるじゃないか」

*

英語で「患者」と「忍耐」は、同じ単語だ。いかにもと思う。待合室でも、点滴でも、ひたすら忍耐。あちこち針を刺され、いきなり脱げと言われても、ひたすら忍耐。でもそんなのは序の口だった。一カ月の「絶食」これ以上の忍耐はなかった。

潰瘍性大腸炎の悪化で入院し、最初の一週間はがまんできた。吐き気と腹痛で食べるどころではなかったからだ。もちろんそのままでは死んでしまうから、足の付け根のカテーテルから、栄養剤の点滴を24時間落とす。しかし腸の状態が回復するにつれて、猛烈な空腹感が襲ってきた。でも水以外の摂取は禁じられている。自販機はナースステーションの前にある。水以外のものを買えばすぐ注意される。病棟が工事中ということもあって、売店までは軽く500mはある。カテーテルのせいで、病室内のトイレ以外の移動は車椅子だし、絶望的だ。病状をよく知っている家族も共犯者にはなってくれない。

「食べたい！」「食べたい！」「食べたい！」

気を紛らわせようとテレビを見る。画面の中は刺激的すぎる。ラーメン、寿司、ピザ、ケーキ、アイス、耐えきれずにスイッチを切る。ベッドに座って、水を飲みながら「食べる」遊びをした。「これ、サーモンの握り」ぱくっ。「これ、サンドイッチ」ぱくっ。「これ、おにぎり」ぱくっ。数回目にはむなしくなってくる。

「食べる」ということで、一日のリズムは整っていく。それが無くなると、午前午後の区別が付きにくくなる。食べず歩けずで、眠りは常に浅い。食べることへの執着と欲望で、ほかのことが考えられない。このまま発狂するのではないかと、恐怖さえ感じた。娘のようにかわいらしい担当の先生を、発狂寸前のすわった目で、「もういい加減、なにか食べさせて」とおどしてみたが、次の回診の時には、ゴリラのような先生を伴って現れ説教をくらった。せめて絶食の期限だけでもわかっていれば希望が持てるのだが、二週間、三週間たっても、ジュース一本出る気配もない。

――「もうこうなったら、配膳室に盗みに入るしかないな。でも配膳室はナースステーションの真ん前だからムリだ。そういえば隣のベッドのおばあさんは、いつも食事を残して怒られている。それを盗むんだ。でもやっぱりやだナ、誰かの食べ残しなんて……」

ふくらんだ妄想が破裂する寸前に、

「南さん、明日からおも湯が出るんですってよ」

私は、「おも湯」に心からの感謝を捧げた。

――「ああ、おも湯よ、元気な時にまずいなんて言ってごめんなさい。私が罪を犯す前に君が登場してくれて、本当によかった」

＊

私の長期入院によって、わが家の「私亡きあと」のシミュレーションは突然にはじまった。奈美はすでに独立しており、男三人の所帯だ。祈るような毎日の中、ひんぱんにメールが来る。「電灯が切れたけど、どれを買えばいいの?」「福祉事務所から書類を提出するように言われたけど、どれ?」「サンマはどうやって焼くの?」「町内会費っていくら?」ありふれた小さな家庭ひとつがうまく回っていくためには、実に雑多な問題があるものだと実感した。

食卓はダイナミックになった。丸のままのトマト、きゅうり、大きくちぎったキャベツ。魚も肉も焼くだけ。もともと皿洗いが好きだった翔の活躍ぶりは大きかった。そして、どんどん溜まる洗濯物。「さて困った」誰も洗濯機をいじったことがなかったのだ。和樹が出動した。彼らしく、じっくり取扱い説明書を読み込む。洗剤も柔軟剤も、化学実験のようにきちんと計って入れる。

入院の数カ月前、大がかりな「断捨離」を済ませておいたことはよかった。そのころ、骨転移ですっかり落ち込んでいた私が、立ち直るためためしていたのが、家族のために身辺整理をすることだった。家中の余分な物が減り、家中の収納物にはラベルが貼られた。わが家のように緊急性がない家庭でも、特に自閉症児のいる家庭では、このラベルはお勧めだ。右往左往して、引き出しをひっくり返さなくてすむ。

私はほどなく退院し、ためらいながらわが家の玄関のドアを開けた。ゴミ屋敷の想像を裏切り、家の中は小ぎれいに片づけられていた。「私亡きあと」のシミュレーションは、ちょっぴり寂しくも、ホッとする結果だった。

シミュレーションは、その後も着々と進んでいる。奈美に渡す「わが家のレシピ集」はでき上がった。へそくりのありかを暴露した遺書も書いた。自分撮りを引き伸ばした遺影の中の私は、別人のように美人だ。夫には、再婚ＯＫとも伝えた。しかし夫は、

「君の世話で疲れきったから、もう結婚はこりごりだ。君がいなくなれば、とんでもないときに寂しいって思うんだろうけど、それでもなんとかやっていくよ、仕事もあるし、翔のこともあるしね。この世での修行が終われば、また会えるさ」

「じゃあそのときは、私が迎えに行くね」

「いい、来なくていい。この世で、自分勝手な理屈ですぐ約束をやぶる君が、あの世に行ったからって急に聖人になるわけないじゃないか。あの世の入口で、待ちぼうけをくらうなんてごめんだ。こっちから探して、いきなり後ろからおどかしてやる。だからあの世へ行っても、いつまでも一人でのんびりできるなんて思うなよ」

退院後、私は日常の生活に戻っても、毎朝目覚めるたび、「今日も生きている」と幸福感に包まれる。家族と囲むどうということもない食卓がうれしくて、涙ぐむ。一カ月におよんだ絶食のせいで、私の脳細胞はどこか壊れたのかもしれない。病に勝てるのかどうかはわからない。でも私は、なにかを乗り越えたと思う。

そして死を前にして、いっそう命というものに対して、畏敬《いけい》の念を感じる。それまでとちがった景色が見えてくる。自分をふくめ、名もなく、ふつうにがんばっている人々を愛おしいと思う。一方、ずっと大きな問題と思い込んでいた翔の障害など、命という奇跡の前では、とるに足らないことのように思える。

奈美、翔、和樹、それぞれが生まれた時、私は「なるべく試練の少ない、平穏な人生でありますように」と願った。今はそうは思わない。なぜなら自分の人生をふり返った時、両親との軋轢《あつれき》、借金苦、翔の障害、難病、癌と、様々な試練に見舞われたけれど、そのたびぶざまにもがき苦しみ、時間はかかっても、こんな私でさえ乗り越えることができた。そしてひとつ試練を越えるたび、成長していく自分を感じることができたからだ。

幸せも、愛も、条件で決まるものじゃない。与えられるものでもない。育てるものだ。大切なものは目に見えないという。幸せという花も、愛という花も、目には見えない。それらの花が大きく咲くための肥料が、人生の中の様々な試練なのかもしれない……。

2　末期癌患者

人間というのは、意外とふてぶてしいものだ。「死」というものが常に横にあると、その状態に慣れてくる。もちろん、そうなるまでには時間がかかる。

最初は、毎日泣いた。なにも見えない暗やみの中で、振り払っても、振り払っても、「えたいの知れない冷たい手につかまれる」そんな気分だった。しかし泣くというのは、とてもいい、心の痛みが楽になる。

次の段階として、怒りが湧いてくる。「神様、どうして私ばっかりつらい目にあうんですか？　私がなにか悪いことをしましたか？　もう、神様なんか大っきらい！」怒りの矛先は、目につくすべての人にも向けられる。「私がこんなにつらいのに、どうしてみんな幸せそうなの？　み～んな不幸になればいい」そして、いい人だと自負していた自分の醜さに愕然《がくぜん》として、そんな自分を引き出す「癌」というものに、怒りまくる。

さらに次の段階は、なんとかノーマルな自分を取り戻そうともがき苦しむ。「癌」が早期の時には、「治す」という希望をよすがに立ち直れたけれど、「末期癌」という現実はきびしい。私は取りつかれたように、残された家族のために終活に没頭した。断捨離をすることで、自分の人生にけじめをつけたかったのかもしれない。申し送りのような遺言を書き上げて、ちょっとホッとした。「今日明日死ぬってわけじゃないし、部屋の片隅で死の影に怯えながら過ごすなんてまっぴらだ」と、毎日の生活を楽しむようになった。

末期癌だけど、いや、末期癌だからこそ、笑いたい。毎日の生活を楽しみたい。もともと笑うことが好きだ。おもしろい出来事は、心の中の専用の箱の中にためておく。気分がふさぐときに取り出す、笑える。オシャレも好きだ。家の近くに巨大なリサイクルショップがある。なんでもそろう。何度か着て飽きたら、そのリサイクルショップに売る。私が売った服を奈美が買う。奈美の売った服を私が買う。マヌケな親子は、このリサイクルショップに貢献している。なかでも私の一番の楽しみは、読書だ。新しい本を手にすると、オモチャやお菓子をプレゼントされた子どものようにワクワクする。そして通院も楽しむ。病院までの道を、好きな音楽を聴きながらゆっくりと歩く。車椅子生活を思い出すと、歩けるってすごいことなんだと思う。抗癌剤の点滴を受ける癌センターのことを、私は勝手に「ＶＩＰルーム」と呼んでいる。リクライニングチェアにＤＶＤプレーヤー付き、おやつを食べてもＯＫ。保険がきかなければ、私の受けている抗癌剤はかなり高価なので、ＶＩＰにはちがいない。

けれども、体調と同様、心だって波がある。死が近いと知っていながら、そういつも明るく前向きになんかなれない。常に葛藤を抱えながら過ごしているのが、「末期癌患者の暮らし」だろう。立ち直るたび、次のウェーブがやってくる。新たな転移が見つかり、痛みに襲われる。また落ち込む。そんなことのくり返しだ。癌の痛みは夜中に激しくなる。がまんできないほどの痛みだ。毎晩それがつづくと、寝不足でヨレヨレしてくる。「神様、もういいです、早く私を迎えにきて……」と、情けない。でも、痛いのに明るく笑ってなんかいられない。さいわい、処方された痛み止めで小康状態を保っている。「痛みのコントロール」は、心穏やかにくらすカギだ。

癌が末期のステージに入ってしまうと、八方ふさがりのように感じてしまう。どうにもならないとき、立ち直りの足がかりになるのは、小さな目標、小さな希望を持つことだ。「とりあえず、次の抗がん剤治療までがんばろう」「子どもの誕生会まで、元気でいよう」「一日でも長らえれば、きっと新薬が登場する」達成できそうな身近な目標や希望を持つと、ヨロヨロとしながらでも、立ち直っていける。

なにかのきっかけで、一見元気そうな私が末期癌だとわかると、相手の反応はいくつかのパターンに分けられる。よくあるパターンは、「癌なんかに負けちゃだめよ！　がんばって！」私の心の中では「?」が浮かぶ。「負けるってことは、死ぬってことだな。でもそうなると、すべての人は負けるために生まれてくることになる……?」まれなパターンとしては、自らの苦労自慢が延々とつづき、苦労争いがはじまる。これに関してはぜひ負けたいので先を譲る。説教がはじまるときもある。「食生活が悪いんじゃないの？　心の持ち方がよくないいんじゃない?」聞いているうちになんだかムカムカしてくる。「私は、絶対あなたより毎日努力している。一日おきに痛い免疫注射に通い、抗癌剤治療も受けている。大好きなステーキもワインも断って、毎日野菜ジュースを飲んでいる。『心の持ち方ですって?』ハイハイすみませんね、性格悪くて！」比較的多いパターンとしては、罠にかかった小動物を眺めるような憐《あわ》れみの視線だ。末期癌であってもそれなりに日々を楽しんでいる私だが、その視線によって、自分のおかれた立場の困難をあらためて知らされ、しばし落ち込む。

嫌いなことばは、「来年の今ごろ……」だ。楽しくクリスマスツリーの飾り付けをしながら、つい、「来年の今ごろ、私はここで同じことをできているんだろうか？」と思ってしまう。「この先、どうなるんだろう？」「もっと痛くなるのかな？」「最後はやっぱり、寝たきりになるんだろうな」そんな不安に取りつかれるときもある。でも、まだ起きてもいないことを心配しても仕方がない。たとえ末期癌患者であっても、まだこの世にいる限り、他の人と同じ「責任」や「使命」があるはずだ。かならずなにか、「使命」があるはず、できることがあるはず……。

退院して間もないころ、家族揃って「ディズニーランド」へ行った。私たち夫婦は、開園の年に結婚した。それ以来、毎年のように訪れている。ウエスタンランドの森のように茂った樹木を見ると年月を思う。片手で和樹を抱き、反対の手ですぐいなくなる翔の手を握っていたころを思い出すと、「ラクになったなあ」と思う。夜空に上がる花火を見ながら、私はこぼれ落ちそうな涙を必死にこらえた。その涙は、とりも直さず、この世への未練だ。

——「なぜ私だけが、早々とこの楽しい場面から消えなくてはいけないんだろう……」

理屈でいろいろ考えてわかったつもりになっても、正直私は、
――「死ぬのが恐い、まだ死にたくない。死んだらどうなるの？　死後の世界はあるの？……末期癌の私が、一番知りたい疑問に誰も答えてくれない。だってみんな、死んだことがないから……」

癌が末期のステージになり、迫って来る死の恐怖は尋常ではなかった。なにひとつ集中できない。なにを食べても味がしない。眠るのが怖い。うまく眠りにつけたとしても、眠りが浅くなったときに恐怖で目覚めてしまう。「そんなときは、起こしていいよ」夫のことばに甘えて、「死ぬのが怖い！」と子どものように泣いた。

しかしある日、同じように苦しむ夫の姿を見て、「家族にすがるのは、まちがっているのかもしれない」そう考えるようになった。

――「私は、自分のことしか考えていない。一番大切な人を傷つけている。死に行く本人よりも、もっとつらいのは、愛する人が苦しむのを見ながらなにもしてあげられないこと、愛する人の死を看取ることだ……もう泣かない。ごめんね、病気ばっかりの奥さんで……ごめんなさい……」

死と向き合うということ、迫りくる死の恐怖と闘うということとは、「痛み」とよく似ている。本人にしかわかりえない部分がある。私がニコニコと元気そうにしているのは、せめてもの家族への礼儀だ。残された家族に、「私の死」が与えるダメージを思うと、罪悪感にさいなまれる。夫に対しては、「いっそのこと浮気でもしていてくれたら気が楽なのに……」子どもたちに対しては、「そうだ、嫌われてから死ねばイイんだ。毎晩酒でも飲んで暴れるか。でもダメだな、私は笑い上戸だから……」ろくな案は浮かばない。

けれど、「心のうちに巣くう苦しみや悲しみに、家族をまき込みながら逝きたくなんかない」病気がちで泣き虫で、家族にとって、私にはおよそ強い人というイメージがない。そんな私だからこそ、「死」ときちんと向き合い、「すべてを受け入れて逝く姿」を、家族に残すことこそが、私の「責任」「使命」最後に家族に残せる、大切なものなのだと思った。

＊

そして私は、教会の門を叩いた。

親族にクリスチャンはいないが、私は小・中・高とミッションスクールで過ごした。幼い私にとって、祭壇の聖花やキャンドル、ロザリオ、すべてがキラキラと輝いて見えた。聖歌、祈りのことば、それらは日常のものとして、楽しい思い出と共に身に付いていった。それでも、死というものを遠くに感じていたころには、宗教に救いを見いだす人の話を聞くと、「な～んだ、やっぱり最後はそれか」と、妙に気持ちが冷めたものだ。ところが、溺れかけた人のように死の恐怖の中でもがき苦しんで、はじめて私は、心から叫んだ。「神様、助けて！」心から求めて、はじめて神様を心の中に感じた。「よく、いらっしゃいました」教会の神父様のことばに、背負っていた重い荷物が降ろされたような気がした。私は幼いころ親しんだ、好きな町の教会を選び、通いはじめた。

教会では、悩み、苦しみ、なんでも神父様に聞いてもらえる。場所柄か多少堅苦しいのは否めないが、みんな親切だ。勉強会の仲間は、金持ちや有名企業の社長と気後れしそうだが、先生は、「弱い者、恵まれない立場にある者の側にこそ、神様は寄り添っておられます」と言う。恵まれない私としては、胸がすく思いだ。

勉強会に通うようになってうれしいことは、「死」についてふつうに話し合うことができることだった。教会では、「死」を「帰天」と言う。カテキスタと呼ばれる教会の先生は、御年85才。私の亡き母と同い年だ。先生は、いつもオシャレでテキパキとしている。私たちがやるべきお茶くみや掃除まで先を越される。ある日、「私もね、この年でしょう。来週また、『皆さんにお会いできるかな』っていつも思うのよ。でも帰天の時は、神様がお決めになること。こうして少しでも皆さんのお役に立つことが、私の使命だと思ってるの」私は心の中で、先生を「師匠」と呼んでいる。

勉強会では、聖書を読む。聖書は、多面体のクリスタルのようだ。悩み苦しんでいるとき、聖書を開くとそのとき欲していることばが必ず見つかった。勉強会で学んだ一番大きなことは、「自分が知らないということを知ったこと」だった。もう人生も終わりだというのに、今ごろになって素直に勉強することが楽しい。まだまだわからないこと勉強すべきことが、目の前にいっぱいあると思うとワクワクする。

ある日私は、悪夢にうなされて目覚めた。私の亡骸《なきがら》を前に奈美と和樹が泣いている。その隣で、「ヤダ、ヤダ、ヤダ！」とパニック状態の翔を、夫が抱きしめながら泣いている。「私のせいじゃない」とくり返しながら目覚める。涙が止まらない。「神様、どうして家族まで苦しめるんですか？」神様からの答えは、「まかせなさい」私はすぐにまた、眠りについた。

教会でたくさんの人と出会った。皆それぞれに、外見からはうかがい知れない様々な悩みや苦しみを抱えている。悩みに大小なんてないんだろう。だって、悩んでいる本人にとっては、それがすべてだから。しかし自分の悩みだけに夢中になっているかぎり、解決策は見つからないのかもしれない……。

ある日、教会の勉強会で隣り合わせた女の子。奈美と同じくらいの年ごろだ。明るい笑顔で、テキパキと聖書をめくる。悩みを抱えているようには見えなかった。帰りぎわ、聖堂の中ですれちがったまま話し込んでしまった。

「大好きだったお母さんが亡くなって、もう三年も経つのに立ち直れない。どうしても、もう一度お母さんに会いたい」大きなキラキラした瞳から、ポロポロと涙がこぼれ落ちた。「こうすると体の痛みで、心の痛みを忘れられるからやっちゃうの」と差しだした腕は、リストカットの痕《あと》で傷だらけだった。彼女と奈美が重なって見えた。私は、傷痕にそっと手を当てようとして、そのまま抱きしめて泣いた。お互いの苦しみがひとつになったような気がした。たがいに、なんの励ましも助言もことばにできなかった。「あなたのために祈るわ」

と交わして別れた。

「祈る」祈るためには、まず常にど～んと居座っている自分というものを、気持ちの中からどかさなくてはならない。自分をどかせないままの「祈り」は、結局自分本位な願いごとだったりする。「あなたのため」と言いながら、エゴ丸出しの母親の願いはよく目にするところだ……自分をどかした隙間に、想う人を入れる。一瞬でもその人の気持ちに寄り添い、幸せを願うひとときは、自分のもつ悩みの小ささを感じると同時に、たくさんの人とつながっていくような、無限の広がりを感じる。

勉強会の帰りぎわ、私はかならず聖堂で祈りを捧げる。ある日、いつものように聖堂に入ってひざまずくと、突然とめどなく涙がこぼれた。心の中にはなにも無かった。ただ、感謝の思いだけがあった。なんだかわからない、やさしくあたたかいものに抱かれているような感じがした。

――「この世での使命を終えて、『帰っておいで～』の声が聞こえたら、神様のもとへと び込んで行けばいいんだ」

そんなふうに思った。はじめて、「死は恐いものではない」そう思えた。

私は、転移が発覚したころのことを思い出した。

そのころは、新緑の美しい季節だった。夫、翔と一緒に、何度も山へ行った。きらめく新緑に包まれると、「なんで癌患者だからって、こんな気持ちのいい日に、メソメソしていなくちゃいけないいんだろう?」と思えてくる。小鳥のさえずりの中で深呼吸をくり返すと、生命力がみなぎってくる感じがする。

夕暮れ、木々の間からこぼれた夕日のかけらが、山の一本道の所々を道しるべのように赤く染める。その道を、夫、翔、杖をついた私が、ゆっくりと進む。心の中に、こんな声が聞こえてきた。

なにも怖がることなんてない
こんな風に一歩ずつ進んで行けば
生きることも　死ぬことも
つづいていく　同じ一本の道

3　巣立ち

「自閉症のきょうだいを持つというのは、どういうことだろう?」

奈美にとって、三才下の翔は、ライバルになることもなくずっとカワイイままだ。翔が小学校に入学した時、奈美は四年生。毎朝、一緒に登校し、様々な行事のたび世話をやき、いろいろイヤな思いをしたこともあったはずだ。けれども奈美は、いつも「姉である」という自覚をもって行動していた。

そんなよき姉ぶりに変化が訪れたのは、奈美が中学生になってからだ。日曜日、私と子どもたち三人でバスに乗っていると、奈美のクラスメートが乗り込んで来た。奈美はさりげなく、しかしサッと翔から離れた席へ移動した。思春期らしい、当然の心の動きだろう。やがて、高校生になった奈美に私は言った。「これから、ボーイフレンドだってできるだろうけど、もし将来結婚まで考える人があらわれたら、翔のことは早めに打ち明けておいた方がいいよ。そのことで去って行く人も多いだろうからね」奈美は、明るく振舞いながらこう返した。「踏み絵みたいだね。でもさ、翔ちゃんの障害のことで去っていくような人なら、結婚前に、それ早くわかった方がいいよ」

和樹にとって、翔は五才も上だ。生まれた時から思い通りにならないライバルだ。体の大きさも行動も、いつも先を行く存在だった。しかし翔は思いもかけないほど早く、兄でありながら弟のような存在になってしまった。和樹が障害を理解しはじめた小学校低学年から急速に。和樹はよく、翔にケンカを吹っかける。「翔は障害者なのだから」という手加減が、和樹にはあまり感じられない。というより和樹は、障害とは別のところにある、翔の本質を見抜いているのかもしれない。

ある時、翔は軽いパニックに落ちいって、携帯を持ったままわめいていた。「どうしたの?」やさしくたずねる私の横で和樹は、翔の顔の前に人差し指を立てた、翔がそれを凝視すると、そのままその指を振り下ろしテーブルを指した。翔は、静かに携帯をテーブルの上に置くと去って行った。あとでそのようなジェスチャーが、「自閉症の人への効果的な指示方法」として、専門書に載っているのを見て驚いた。和樹は翔との関わりの中で、自然とそのような方法を身に付けていったのだろう。

けれど母親として、和樹にもっと翔にやさしく接してほしいという思いがいつもあった。ある日、和樹と翔に近くのスーパーへ買い物を頼んだ。頼み忘れた物があったので、私もあとを追った。そして目撃したのは、メモを片手にスーパーのカゴを小脇に抱え、店内を必死に買い物に回っている翔の姿だった。「和樹は？」と見ると、レジのそばで片足に重心をかけた姿勢でくつろいでいる。私が憤《いきど》おって声をかけようとした時、いつも動作の遅い和樹が弾かれたようにひとっ跳びした。店員が翔にした質問が、翔には対応不可能と判断したようだった。ふたりに声をかけずに、私はそのままスーパーをあとにした。

――「障害者にやさしくないのは私の方かもしれない……私の方が障害というものに慣れていなくて、変にかばったり、特別扱いしているのかもしれない……先周りして困らないようにすることは、少しも翔のためにならない」

そんなことを、教えられたような気がした。

今日も子ども部屋から、三人の話し声がもれ聞こえる。

奈美「翔ちゃん、明日、ＤＶＤレンタル行くけど、何か借りてきてあげようか？」
翔「ウルトラマン」
和樹「ダッセ～」
奈美「レンタル代、払ってよ」
翔「お金ない」
和樹「あるじゃんか、机の中に」
奈美「なによ～、ズル！」

＊

すべての生物における子育ての究極の目標は、子が親を必要としなくなることだ。ただ人間の場合、ここに様々なしがらみや感情がズルズルとついてきて、目標がぶれる。

50代後半ともなれば、子どもたちは独立しはじめる。するとなぜか皆、自らの子育てを美化し、恩を売りはじめる。子育て真っ最中の母たちは、時間に追われ常に命がけだ。思いもかけないときに、子どものケガで血を見るなんてことは日常茶飯事だ。母の望む通りに育つ良い子なんて見たことがない。男の子の母ならば、「犯罪者の母」になる、一抹の不安さえ持ったことがあるはずだ。そういった最前線から退いた母たちは、解放感と同時に、寂しさや、子育てというものは自分の手柄とはならない虚しさと、向き合っているのだろう。

「小さいころ、母ちゃんが怖かった」ある日、和樹が言った。意外だった。奈美にはきびしかったが、末っ子の和樹には常にやさしい母親だと思っていたからだ。過ぎたことは美化してしまうものかもしれない。けれど、子どもというのは怒られるようなことばかりする。「ほめて育てる」というのも、相手によりけりだ。わが家の三人をほめてばかりいたら、大変なことになっていたと思う。「叱る」という行為はエネルギーがいる。それでも叱るのは、使命感と、本気で愛しているという自信があるからだ。「面倒だから、ここは見逃そう」そんな風に思うときも、「でも親が叱らないで誰が?」そう思ってやってきた。

奈美に対しては、特に、口うるさい母親だった。玄関の靴が揃っていない、箸の持ち方が悪い、掃除の仕方が悪い、いちいちだ。高校卒業までには、一通りの料理ができるようにと特訓した。料理には、実地でなければ伝えられないたくさんのコツがある。天ぷらをカラッと揚げるコツ、玉葱を瞬時にみじん切りにするコツ、ケーキ作りのコツ、奈美にすべてを伝えたかった。私が亡き母から伝えられた通りのきびしいやり方で。最後まで反発しつづけていた母だったのに、母から私へ、私から奈美へ、料理を通して繋がっているのを感じる。私は、亡き母の特訓のせいで多少料理嫌いになったが、幸い奈美は、料理が好きだ。今では、奈美から新しい料理を教わっている。

入院中に、私は55才の誕生日をむかえた。奈美が、「私の気持ち」と言って、プレゼントをくれた。開くと、小さな絵本の中に詩が書かれている。

「あなたのおかげで　わたしは安心して成長できました
あなたから様々なことを学び　自立する基礎を身につけることができました
わたしの成長と幸せのために　あなたが惜しみなく注いでくれた愛を
わたしはどれだけ理解できていたでしょうか？　心から……ありがとう！」

そんな奈美は、職場近くで一人暮らしをはじめている。

ある日、和樹は言った。

「物心ついた時から、翔のような人といつも一緒で、自分にも翔と同じような傾向があるって気づいている僕の悩みは、お母さんにはわからないよ。それに、将来僕が翔の面倒をみるんでしょう」

――「うかつだった。翔に手がかかるからといって、奈美や和樹のことをおろそかにしてきたはずはないと自負してきたのに……」

たしかに和樹は、人間関係を築きにくい傾向はあったが、学業面では優秀だった彼のことを、体調面以外あまり心配してこなかった。しかし、10代だ。母親が癌で、経済的にきびしいこともわかっていれば、翔の将来が自分の肩にかかってくると考えても不思議ではない。そのことについては、「心配いらない」ときちんと説明した。しかし、彼自身の自閉傾向への悩みについては、なんと答えたらいいのかわからなかった。

――「これからはじまる望洋たる未来について、様々な不安を抱える和樹に、上っ面なぐさめのことばなどかけられない。せめて、ずっと寄り添っていてやりたい……でも私は、いつまでそれができるのだろう……」

和樹は小さいころ、次々色々なことに興味をもっては、それを極めていった。電車、恐竜、折り紙、あやとり、ルービックキューブ、徳川家の系図や元素記号なんてものもあった。和樹は現在、浪人生だ。国語、英語といった科目に関しては、仕方なくとり組んでいるといった風情だけど、数学、物理、化学の勉強をしているときの和樹は、どこか楽しそうだ。

「和樹、たしかに君は、翔と同じような傾向があるかもしれないけど、それがなにかいけないこと？　小さいころから、君はなにかひとつ興味を持つと、とことんそれを極めていったよね。それは和樹らしい、長所なんじゃない」

人は、社会という空間をうめる風船のようなものだと思う。大きさが様々な方が空間がうまく埋まる。色が様々な方がきれいだ。大きくなる能力を持つ風船が小さいままだと、透明感がなく美しくない。どんな模様が描かれているのかもわからない。反対に、小さい風船を大きくふくらませ過ぎると、今にもパーンと割れそうでハラハラする。ほどよくふくらんだ風船は、大きいのも小さいのも、どれもそれぞれに輝いているのだと思う。

和樹は、ここ数年のうちに進むべき道を見つけて、自立していくことだろう。

問題は、翔だ。

翔が幼いころ、私は燕を見て、「ヒナたちはやがて皆巣立っていく。でもわが家には、生涯巣立てないヒナがいる」と、悲しくなったことを覚えている。障害児の親は皆そろったように、「この子より一日でも長生きしてやりたい」と言う。けれども、すでに巣立ちの時期を迎えたヒナを、卵のように母鳥がいつまでも抱きかかえていては共倒れになってしまう。たとえ障害児であっても、親と子の人生は「別」だ。

翔の生活をみていると、衣、食、住、時間の使い方、すべてにおいて、自らの選択というのがほとんど無いように感じる。翔は、休日に近くのスーパーでプリンを買うのを楽しみにしている。「プリンじゃなくて、ゼリーやアイスでもいいのよ」そう声をかけても、苺やチョコのプリンに変わるだけで、毎週プリンだ。しかし翔は、この小さな選択肢を楽しんでいるようだ。

振り返ってみれば、一カ月ぶりの一杯のおも湯や入浴に、染み渡るような幸せを感じていたころの私は、些細なことからも鋭敏に「幸せ」を感じとれるような能力を持っていた。けれども健康が回復し、選択肢が増えるに従って、私はその能力を失ってしまった。私が失ってしまった能力を、翔は常に持ちつづけているのかもしれない。無限に広がる幸せが、消え去っていく種類の「幸せ」だとすれば、翔の感じている小さな「幸せ」は、本質的で深いものなのかもしれない。

朝食、お弁当、洗濯と、朝のバタバタの中、翔は定時に「とまと」へ出かけて行った。翔を見送りリビングへ戻ると、きれいに片付けられたダイニングテーブルの上に、ポツンと私のピルケースと水が「お供え」のように置かれている。「しまった。また飲み忘れた」薬は年々増えるのに、物覚えは反比例して悪くなる。一日分をピルケースに入れておくようにしたのに、ピルケースの存在自体を忘れている。いつものようにダイニングテーブルを片づけた翔が、気づいて並べておいてくれたのだ。

「薬さえ飲めば、お母さんは大丈夫」自閉症の翔は、そう信じて疑わない。だから私が、薬を飲み忘れないように目を光らせてくれている。でも翔は、なにも言わない。「お母さん、薬は?」とも、「水もここに置いておくよ」とも。

ふと思う、「思いやりってなんだろう?」10代のころ、私は非凡な人生に憧れた。社会の歯車のひとつになんかなりたくないと思った。そして、目立つところにある看板や旗のような立場にいる人に憧れた。目にふれることのない、一見地味な一つひとつの仕事の大切さに、気づいていなかった。与えられたその人なりの歯車に本当になれたとき、人は輝けるのかもしれない。そして、それが本当の意味で、社会や他者への「思いやり」なのかもしれない。

世の中には、いろいろな人がいる。雄弁な人もいれば、口べタな人もいる。自閉症の翔には、理論もことばもない。けれども、テーブルの上に並べられた薬と水に、私は翔の「思いやり」を感じる。

翔は今、「とまと」に通いながら、将来入居したいと思っているグループホームで宿泊の練習を重ねている。翔は成人した今でも、少しずつ成長している。「とまと」の仕事を通して語彙《ごい》が増え、行動範囲も広がった。最近では、家族と過ごすより「とまと」の仲間と過ごす時間の方が楽しそうだ。もちろん、翔の自立は、健常者と同じではない。これからも、たくさんの人々の助けをかりながらの自立だ。でも、健常者であっても、年老いれば他人の助けが必要となってくる。若い人だって、精神面においてはやはり誰かの支えが必要だ。「誰の力もかりず」「誰にも迷惑をかけず」人はなかなかそんな風には生きられないし、それでは寂しすぎる。

人より遅れながらも、翔は「巣立って」いく。今はそう、確信できる。

伝えるべきことを伝え終わった50代の母たちは、出がらしの茶葉のようなものかもしれない。けれど死ぬまで、イヤ死んでからも、母は母だ。

私は長生きをして、子どもを見守ることはできない。けれども自分の病を受け入れ、自暴自棄になることなく最後を迎えてみせる。それが最後に、君たちに残せる「伝えるべきこと」だと思うから。

ある日、私の病気について和樹に聞いてみたことがある。

「う～ん、潰瘍性大腸炎については、『もう死んだナ』と思うたび、ゾンビのようによみがえってくるからまあいいとして。癌については、暗～い気分になるナ」

「でもさ、少しはいいこともあるでしょう？　自立心が高まったとかさ」

「う～ん、確かにそれはあるナ。半分幽霊みたいな母ちゃんを頼りにしててもしょうがないから、自分がしっかりしなきゃって思うもんナ」

自分自身の余命を意識するようになってから、私の目標がぶれることはなくなった。

4 「命」

星のように瞬《またた》くたくさんの「命」。一つひとつちがう。「私のように小さく早く消えてしまう星にも、なにか意味があったんだろうか?」そんなふうに思うときもある。そんなとき、翔の存在が私に教えてくれる。「そんな考え方はまちがっている」と。

翔は毎日、楽しそうに「とまと」での仕事に励む。好きなおやつ、食事、ちょっとした外出、私が連発する「翔ちゃん、ありがとう」のことば、そんなことの一つひとつに微笑む。わずかなことばしか持たないのに、具合が悪くなった家族がいれば、自分の食事を中断してでも布団を敷いてあげる。キッチンのシンクに汚れたコップがあれば、通りすがりにサッと洗って片付ける。翔に、「この話は内緒ね」は通じない。翔は嘘をつくことができないのだ。持ち帰ったお給料を、「それ全部ちょうだい」と言ったら、きっと差し出してくれる。翔の価値観は、お金を中心に回っていない。来客がたとえ王様だとしても、「こんちわ〜」で終わり。反対に飼い犬の足を踏んだときは、犬に土下座をして謝っていた。

「命」の価値に優劣なんてない。翔は、片隅の小さな小さな星だ。神様は私に学ばせ手本にするようにと、翔という星をつかわしたのかもしれない。しかしかわいげのない私は、「死の入口」に立ったとき、この後に及んでこんな質問をするのだろう。

「でも、神様、なんで私の命は短めだったんですか？」

「裕子、まだそんなこともわからんのか！　命の価値に優劣がないように、長さで命の価値は決まらんのよ」

それでも、「癌を治す魔法の薬をほしいか？」と聞かれたら、私は即座に「はい」と答えるだろう。私だって、東京オリンピックを見てみたい。そしてなにより、奈美の花嫁姿や、和樹が社会人となった姿を見たい。けれど、常に「死」と隣り合わせに過ごしたこの五年間を、けして消し去りたくはない。翔の障害によって、たくさんのことを学んだのと同様、突きつけられた「死」によって、たくさんのことを考えさせられた。「不運ばかりの人生だった」と嘆《なげ》いたこともあった。けれども、「障害」、「病」、「死」、突きつけられた試練によって得たものは、けして目には見えないけれど、大きなものだったと思う。

それはまるで、光と影のようだ。「死」という暗い影によって、常にあたり前のように寄り添っていてくれた「命」というものに気づく。全身が粟立つように、「死」を近くに感じるとき、「命」の輝きをみる。胸の内から熱くあふれ出るもの。陽だまりの中にいるようにあたたかく、抱かれるようなもの。それは光のようにきらめいているのに、確かめることはできない。それはまるで風のように全身に感じるのに、触れることはできない。でも私は今、たしかに感じている。たしかにここにある。いったいそれはなに?……それは、「命」そのもの。

そして「命」を思うとき、身近な人々を思う。そのとき感じる息苦しくなるようなこの思い、痛みと言ってもいい。それが、「愛」なのだと思う。命は繋がっている。命が自分だけのもの、自分だけの命に固執するかぎり、死はむなしく、耐えがたい。けれど、自分という存在が消え去っても、「たくさんの命が、幸せにつづいていく」と思うと、なんだかホッとする。

「来年の今ごろ……」いつ命が終わるかなんて、誰にとってもわからない。でも、切りとった今、今日という時間は、いつだって誰にとっても永遠だ。それぞれの心の中にあるたくさんの思い出は、永遠の宝物だ。

鳥たちが朝を告げる。

「さあ、今日も私は、永遠を紡《つむ》ぐ」

神様の前で、今私は、素直に願う

なるべく　長生きさせてください

もう少し　この世での生活を楽しみたいです

そして　夫と 奈美と 翔と 和樹と

おしゃべりをして　笑い合いたいです

命

伝えたい　この思い
わき立つように感じる　この命
感じる鼓動　この喜び　あたたかい命
私の命は
この一瞬　つばさを広げ　青い空へ舞いあがる
この一瞬　すべての命とつながっている
伝えたい　この思い
毎晩　涙で枕をぬらしながら眠りにつくあなた

そんなあなたを　同じように悲しいまなざしで　みまもる命
冷たい孤独の中に立つあなた
あなたが笑うとき　同じようにほほ笑む　寄り添う命
自殺を考えているあなた
あなたが死ぬことを考えているあいだも
あなたの肺は　からだ中に酸素を送ってくれている
泣き疲れてあなたが眠っているあいだも
あなたの心臓は　休むことなく働いている
生まれてからずっと　あなたのためにつくしてきた　けなげな命
あなたの命　私の命
ありがとう　ひとつひとつの　命

エピローグ

恋人同士だったころ、夫の手におずおずと手をすべり込ませた。手をつなぐ相手は夫から、奈美、翔、和樹と変わっていった。そして今度は、夫が私の方へ手を差し出す。痛み止めでふらつきがあるうえに、骨転移があちこちに広がり転ぶと危険だからだ。私はためらうことなくその手をしっかりと握る。癌も、人生も、そう悪くない。

家の近くの小さな公園を訪れると、不思議な感覚にとらわれる。小さかった子どもたちの姿が、幻のように浮きあがる。「こんなに可愛かったんだね」幻の中の彼らに、心の中で声をかける。子育ての真っただ中でバタバタしていたときには、楽しいことも苦しいことも、ずっとつづいていくような気がしていた。ふうっと現実に引き戻される。奈美は婚約中だ。和樹は来年から一人暮らしをしたいと言っている。翔のグループホームへの移行は順調だ。そして私は……末期癌だ。どうしても、一人ポツンと残される夫のことをあんじてしまう。夫は常に強気だ。一人になってもなにも困らないと言う。そして、「私の癌が治ると信じている」……ありがたいことだ……でも私は、その横にあるキビシイ現実を見てしまう。茶化さないで、聞いて欲しい。

「私と結婚してくれてありがとう。駆け落ちする時、『裕子と一秒でも長く一緒にいたいから……』と言ってくれたね。あっという間に、30年以上が過ぎた。いろいろあったね。お互い趣味も持たず、話題は子どもたちのことばっかりだった。帰る実家もない私は、奈美と共に産院から帰宅したその日から、あなただけが頼りだった。そして翔がやってきた。あなたなしでは、とても翔を育てられなかった。かた苦しく、差別的な母親だったからね。そして、小さな和樹がやってきた。もう大きな和樹だ。若者らしく、高みを目指し過ぎて浪人中だけど、きっと見つかるよね、和樹の道が。これからやっと、ふたりのハネムーンだったのに……本当に、ごめんなさい」

「あなたは、どう思っているのかな？　私と結婚したことを。いつも茶化すか怒鳴るか、新婚時代の甘いささやきなんて、もう忘れてしまったよ。でも毎朝、テーブルの上に置いてある『○○を食え』とか『暖かくしろ！』というメモ。あれは、ラブレターだよね。病気ばかりで、わがままで、360度どこから見ても、すっかりオバサンになった私に、あなたの仕草が教えてくれる、『愛してるよ』と。だからつらい。どうしていいのかわからない……でも、ごめんなさいはもうイヤだ。やっぱり最後は、ありがとう」

私が死んだら、きっとみんな泣くだろう
でも大丈夫、数年の後には立ち直って、それぞれの人生を歩いていける
「幸せ」という、託した思いを胸に抱いて
……「おい裕子、おまえは愛せたのか？　子どもたちを、ちゃんと愛せたのか？」
私は大きくうなずき、つぶやいた
……「託したよ、私の思いは、君たち三人に」
私は、「いいお母さんだった」などと思われなくていい。私は、「なあんだ、お母さんがいなくなっても、なにも困らないじゃない」と、思われたい。

三歳の翔

南　裕子（みなみ　ゆうこ）

自閉症の息子を含む、三人の子の母
一九五八年、神奈川県生まれ
清泉女学院高等部卒業
女子美術大学洋画科卒業
コアジュニアクラブにて英会話教師を勤める

一九八三年、結婚
一九八六年、長女誕生
一九八九年、長男誕生
一九九四年、次男誕生
二〇一五年、現在、潰瘍性大腸炎及び
　末期乳癌の闘病中

幸せはわたしの中に
そしてあなたの中に
「乳癌」のわたしが「自閉症」の息子をのこしていく道

著　者　南　裕子

初版印刷　二〇一五年　三月二十五日

発行所　ぶどう社
東京都千代田区神田小川町三―五―四　お茶の水SC九〇五
TEL〇三（五二八三）七五四四
FAX〇三（三二九五）五二一一
ホームページ　http.www.budousha.co.jp
編集担当／市毛さやか

印刷・製本／モリモト印刷　用紙／中庄